Peint par Annibal Carraci.   DESCENTE DE CROIX.   Prod. en relief par H Heims.

HEURES
POÉTIQUES

ET RELIGIEUSES,

DÉDIÉES AU ROI,

PAR

Mme HORTENSE DE CÉRÉ-BARBÉ.

A PARIS,

CHEZ LADVOCAT, LIBRAIRE

DE S. A. R. LE DUC DE CHARTRES,

QUAI VOLTAIRE ET PALAIS-ROYAL.

M DCCC XXVIII.

HEURES
POÉTIQUES

ET

RELIGIEUSES.

IMPRIMERIE ET FONDERIE DE J. PINARD,
RUE D'ANJOU-DAUPHINE, Nº 8, A PARIS.

HEURES
POÉTIQUES

ET

RELIGIEUSES,

DÉDIÉES AU ROI,

PAR

Mme Hortense de Céré-Barbé.

Cantate Domino, quoniam
magnifice fecit.

ISAIÆ, c. *XII.*

PARIS,

CHEZ LADVOCAT, LIBRAIRE

DE S. A. R. LE DUC DE CHARTRES,

QUAI VOLTAIRE ET AU PALAIS-ROYAL.

M. DCCC. XXVIII.

Au Roi.

Sire,

Descendant de Saint Louis et de Henri-Quatre, qui chérirent la religion et les lettres; digne successeur de François

Premier et de Louis-le-Grand, dont deux siècles ont pris et conservé le nom; chef auguste de la plus ancienne famille européenne des Rois chrétiens, Votre Majesté a daigné permettre que mes Heures Poétiques et Religieuses parussent sous ses auspices.

Le suffrage des rois fut toujours un honneur ambitionné; le vôtre, Sire, serait pour un écrivain un titre littéraire. Pénétrée de reconnaissance de la haute faveur que j'obtiens de votre bonté, je la reçois comme la plus hono=

rable récompense de mon zèle et de mes

travaux.

Je suis avec le plus profond respect,

Sire,

De Votre Majesté,

La très humble et très obéissante

servante et sujette,

Hortense de Céré-Barbé.

PRÉFACE.

Si ces vers religieux sont accueillis avec intérêt, je le devrai plutôt aux sentimens qu'ils expriment qu'à leur propre mérite. Pour bien peindre une Religion, humble, parce qu'elle est grande; douce et miséricordieuse, parce qu'elle est adaptée à tous les besoins du cœur; sublime, parce que c'est la pensée de Dieu, il faudrait une plume plus éloquente et mieux inspirée que la mienne.

Mais si le juste peut y trouver un pieux délassement, le faible une espérance, et le malheur une consolation, mon but sera rempli. Comme je n'ai point ambitionné la gloire, la critique ne pourra me troubler. On ne saurait être bien pénétré des vérités de la Religion chrétienne, sans avoir pratiqué l'humilité, qui est le cachet du christianisme.

HEURES POÉTIQUES.

HEURES
POÉTIQUES.

LA FOI.

Est autem fides sperandarum substancia
rerum, argumentum non apparentium.
S. Paul., *ad Heb., cap. XI.*

LA Foi, rayon du ciel que la grâce colore,

Resplendit de l'éclat de la Divinité :

Sa lumière introduit, dans l'ame qui s'ignore,

Le Dieu qui la destine à l'immortalité.

Elle apparaît au cœur, comme un saint météore,

Pour dévoiler à l'homme un sort mystérieux :

C'est du jour éternel la prophétique aurore,

Qui passe dans notre ame et se perd dans les cieux.

LE CONFESSIONNAL.

Refuge du pécheur, pieux et saint asile,

D'où jamais ne s'exhale un regret inutile,

Dans ton enceinte obscure entre la vérité.

Ton étroite limite atteint l'éternité ;

Toi seul fais découler, dans un tranquille espace,

Des sources de la foi le torrent de la grâce ;

Et ton nuage épais dérobe à tous les yeux

Le tombeau du péché que referment les cieux.

Ici le criminel se dépouille du crime,

Et l'orgueil qui s'immole est la seule victime.

Ici tout est divin, tout est mystérieux,

Même l'abaissement est grand et glorieux !

Le mortel qui régit ce tribunal auguste

Y revêt le pécheur de la robe du juste,

Et du temple secret, par lui seul fréquenté,

Semble être le pontife et la divinité.

Son aspect consolant allége la souffrance;

Son céleste regard éveille l'espérance;

Toujours près de l'autel, solitaire, il attend

Les remords du chrétien, les pleurs du pénitent.

Viens, pécheur!... ne crains pas, dévoilant ta faiblesse,

Que d'un reproche amer il t'afflige ou te blesse :

Semblable à l'Homme-Dieu, sa constante douceur

Dans le plus noir forfait ne sent que ton malheur;

Contraint d'examiner la faute qu'il pardonne,

Sa pudeur, en secret, d'un voile t'environne.

Ici l'esprit ignore et le cœur seul entend :

L'oreille inattentive oublie en écoutant;

C'est l'occulte entretien d'une ame avec une ame :

L'une offre le salut, et l'autre le réclame.

Mais celle du pécheur, dans son recueillement,

Semble assister d'avance au dernier jugement.

O de l'humilité merveilleuse puissance

Qui, du sein du péché, fais jaillir l'innocence !

Oh ! d'un faible mortel quel immense pouvoir !

(Celui qui le donna put seul le concevoir).

Un prêtre du Seigneur enchaîne le tonnerre;

Entre le ciel et l'homme il termine la guerre ;

Arbitre souverain, son arrêt solennel

Casse un premier arrêt rendu par l'Éternel.

Le Sauveur lui transmet sa clémence suprême :

Le péché qu'il délie est absous par Dieu même ;

Au signe de la croix, que sa main a tracé,

Du registre des cieux le crime est effacé.

Qui dira les bienfaits de ce saint ministère,

Et le repos qu'un prêtre affermit sur la terre?

Ces enfans égarés que leur père a bénis ;

Dans leurs chastes amours des époux réunis ;

Une fille rendue à l'austère sagesse ;

Ce jeune homme abjurant sa coupable tendresse ;

Le triste débiteur qui revoit la clarté ;

Par le riche indolent le pauvre visité ;

Le bien qu'on restitue et les dons qu'on accorde;

Les cachots dépeuplés par la miséricorde;

Cet avare, épuisant son antique trésor,

Qui court aux malheureux distribuer son or;

Ces mortels dégagés des entraves du vice;

Un criminel sans crainte à l'aspect du supplice;

Le chrétien qui, du ciel découvrant la lueur,

Aspire, au lit de mort, le suprême bonheur;

Tout montre, en révélant sa sagesse profonde,

Que la Religion tient le sceptre du monde.

LA

MORT DU JUSTE.

Justorum animæ in manus Dei sunt ;
et non tanget illos tormentum mortis.
Sap., *cap. III.*

Quand le tems va fermer le cercle de la vie,

Qu'à son divin banquet le Seigneur nous convie,

Sur ce lit funéraire où s'élève un autel,

Vois l'immortalité dans le sein d'un mortel,

Profane!... Si la vie est ta frivole étude,

Viens contempler la mort dans sa béatitude.

Détourne ton regard sur la terre arrêté,

Vois le chrétien tout seul devant l'éternité !

Sa bouche a savouré cette manne angélique ;

Sa chair a tressailli sous cette huile mystique,

Qui, consacrant des corps les destins glorieux,

Atteste que la terre en rendra compte aux cieux.

Le juste a remporté sa dernière victoire :

Déjà du fils de l'homme il entrevoit la gloire :

Déjà le jour pour lui jette un douteux rayon,

Et son cœur de la mort cherche en vain l'aiguillon.

S'il semble compatir à la douleur profonde

De ces objets si chers qu'il abandonne au monde,

Son œil, qui s'est levé plus fervent et plus doux,

Assigne vers le ciel un dernier rendez-vous.

Mais, prête à s'élancer vers sa source première,

L'ame, pour s'affranchir repoussant la matière,

Semble encore hésiter, dans son pieux effort,

Sur l'invisible point de la vie à la mort.

Le prêtre du trépas a commencé l'antienne :

« Le Seigneur, par ma voix, t'évoque, ame chrétienne!

« Sors en paix, ame pure, et laisse-nous les pleurs :

« Dans les lieux où tu vas il n'est plus de douleurs;

« Et, sur cette autre rive où le chrétien aborde,

« Dieu même ouvre le port de la miséricorde.

« L'œil humain n'a point vu, ni l'oreille écouté

« Ce que le ciel réserve à ta félicité. »

Il dit : le juste expire. A sa voix solennelle

L'ame sainte a passé dans la vie éternelle ;

Et la croix, qui jadis protégea son berceau,

Suit sa froide dépouille et marque son tombeau.

LA VIERGE.

⸺◦◦⸺

Ave, plena gratiâ,
Cujus inter brachia
Se litat Deo Deus.
PURIF. PROSA.

Voyez-vous cet enfant sur le sein maternel,

Sans pompe, sans éclat, sans sceptre et sans autel?

La terre est son berceau, son trône une chaumière;

Nul mortel n'accourut à son heure première.

C'est la fille des rois, la reine de Sion,

C'est du sang de David l'illustre rejeton,

Le gage précieux d'une sainte alliance,

Et le vase sacré qui contient l'espérance.

Dans un jardin mystique, Éden silencieux,

Ornement de la terre et délice des cieux,

Des Anges du Seigneur demeure fortunée,

Des profanes humains long-tems abandonnée,

Ignorant ses destins, la terre et ses douleurs,

Ce lis mystérieux croissait parmi les fleurs.

Déjà quinze printems ont couronné sa vie,

Et la Vierge, toujours modeste et recueillie,

N'a jamais des mortels recherché les regards.

Son esprit franchissait les célestes remparts,

Et son cœur, renfermant sa sagesse profonde,

Pour le ciel qui l'attend se dérobait au monde.

Ses lèvres, que fermait la timide pudeur,

N'ont jamais prononcé que le nom du Seigneur;

Et son œil azuré, sous sa noire paupière,

Ne semble qu'à regret s'ouvrir à la lumière.

Les siècles entassés se sont évanouis;

L'Éternel à la terre avait promis son fils!

Du chœur des Séraphins la lyre harmonieuse

Annonce d'un grand jour la pompe radieuse.

Marie est à genoux et les cieux sont ouverts:

Un Archange descend, environné d'éclairs;

De soleils en soleils il traverse l'espace,

Et laisse dans les airs une éternelle trace.

2.

Empruntant du Très-Haut l'auguste majesté,

Radieux de l'éclat de l'immortalité,

De son souffle sacré la divine ambroisie

Sur l'antique univers vient exhaler la vie ;

Et sa voix, dont le ciel a formé les accords,

De la fécondité présage les trésors.

L'enfer est ébranlé sous sa voûte affaiblie ;

Sur le gouffre sans bords le serpent se replie ;

Le péché s'engloutit dans le sein de la mort ;

Le monde rentre enfin dans le céleste port,

Et vient de ressaisir une gloire flétrie.

Mais déjà l'Esprit-Saint, qui plane sur Marie,

Accomplit du salut le mystère sans fin :

La Vierge, qu'humilie un glorieux destin,

S'abandonne au décret du Dieu qu'elle fait naître ;

La nature, en tremblant, a reconnu son maître ;

Elle fléchit ses lois devant son créateur,

Et le sein d'une Vierge enfante le Sauveur.

LES LIMBES

AVANT LA NATIVITÉ.

. . . . A boundless continent,
Dark, waste, and wild, under the frown of night
Starless expos'd , and ever-threat'ning stornes
Of chaos blust'ring round, inclement sky.

PARADISE LOST, B. III.

ORS des lieux où le tems moissonne ses victimes,

Il est un lieu, voisin des plus profonds abîmes,

Où des astres voilés traversent lentement

L'épaisse obscurité d'un triste firmament;

Où des mânes légers, égarés dans l'espace,

Semblent chercher du jour une dernière trace,

Et, toujours repoussés par un reflux divin,

De leur captivité vont attendre la fin.

Sur la plage où Sion a déposé sa gloire,

Du peuple des élus tranquille purgatoire,

Un Ange, qui régit ces invisibles cieux,

Pèse d'un nouveau tems le cours religieux.

Là repose Abraham, appuyé sur Dieu même ;

Il recèle ses fils sous son ombre suprême,

Évoque de la vie un pieux souvenir,

Et, toujours attentif, écoute l'avenir.

Moïse, recueilli dans sa longue prière,

Ignore du trépas l'invincible barrière ;

Sous le vague horizon, son front mystérieux

Apparaît, tour à tour obscur et radieux ;

Son ame, qui rejette une pompe effacée,

Fixe à des cieux absens une ardente pensée ;

Immobile, et debout sur l'ancre de la foi,

Il semble encor dicter son immuable loi.

Mais l'ineffable bruit d'un concert angélique

Réveille d'Israël la lyre prophétique.

David a répété les célestes accords,

Et l'esprit du Seigneur a pénétré ces bords.

Sur trois points lumineux un mobile nuage

Dessine du Sauveur l'étincelante image ;

Et l'arche du salut, dans un cercle azuré,

Flotte, au sein des éclairs, vers le peuple sacré.

Sur l'océan de feux un exécrable Archange,

Du ciel, qu'il a trahi, blasphême la louange,

Et, prévoyant le Dieu qui vient river ses fers,

Par d'horribles clameurs avertit les enfers.

Pour échapper au Dieu qu'il craint et qu'il outrage,

Vers l'antique néant il vogue, plein de rage;

Mais le rapide esquif est soudain arrêté,

Quand un sombre cadran marque l'éternité!

LA NATIVITÉ.

Qui cuncta complet nomine,
Nostros se in artus colligit.

HYMN. ANNONC.

 TOI, qui du néant renversas la barrière,

Et du sein du chaos évoquas la matière,

Verbe, par qui le ciel à la terre est uni,

Dont la seule pensée a créé l'infini !

Centre majestueux de ta sphère suprême,

Qui fis naître les tems et naquis de toi-même !

Sagesse du Très-Haut, immuable clarté

Dont les divins rayons sondent l'éternité !

Sous des voiles humains dérobe ta puissance ;

Confonds l'homme et le Dieu dans une même essence :

Viens, consommant l'espoir et couronnant la foi,

Asservir les mortels à ta sublime loi !

Aux plaines de Sion, quelle vive lumière

Fait du prophète-roi tressaillir la poussière ?

Quel Ange nous révèle un grand avènement,

Et fait d'un doux réveil un saint ravissement ?

Rois, suivez dans son cours cette étoile étrangère !

Peuples, prosternez-vous devant la Vierge mère !

Quel œil divin, s'ouvrant à la clarté du jour,

Rajeunit l'univers par un regard d'amour?

Quel enfant, dédaigneux de pompes solennelles,

Ouvre, d'un premier cri, les portes éternelles,

Et, des célestes lieux vers le monde apporté,

Épanche le salut dans sa nativité?

Pour sonder tous les maux que le tems nous mesure,

Un Dieu veut dans son cœur en sentir la blessure;

Pour mieux peser la force et la fragilité,

Il impose la vie à sa divinité;

Et, de sa sainte main rejetant son tonnerre,

Il abdique le ciel pour adopter la terre.

Il vient de son éclat effacer la splendeur,

Par son humilité décéler sa grandeur;

Consacrer par des pleurs l'austère pénitence,

Et de l'homme déchu révoquer la sentence.

Lève-toi, divin fils de la terre et des cieux !

Trace sur l'univers tes pas mystérieux !

Dans le livre suprême exhale ta sagesse ;

Accomplis, dans toi seul, l'éternelle promesse !

Va, scellant de ton sang le monde racheté,

Associer la mort à l'immortalité.

L'ARBRE DE LA CROIX,

ou

L'ARBRE DE VIE.

Impleta sunt quæ concini
David fideli carmine;
Dicens : In nationibus
Regnavit a ligno Deus.
Pass. Hymn.

Arbre miraculeux, dont la sainte puissance

Rend au monde tombé sa première innocence,

L'Éternel a voulu que ton fruit enchanté

3.

Pût engendrer la vie et l'immortalité ;

Que ton bois glorieux, où germait l'espérance,

Fût le gage certain de notre délivrance ;

Et que, tout près du mal, le remède caché

Fît naître le salut à côté du péché.

Soumis à son destin long-tems inexplicable,

L'homme déshérité, malheureux et coupable,

Esclave de la vie et promis au trépas,

Déjà loin de l'Eden a dirigé ses pas.

Déjà Satan maudit la tige salutaire

Qui de son joug impur émancipe la terre ;

Et l'Ange, dont le glaive écarte les humains,

Ferme du paradis les terrestres chemins.

Mais l'active nature entretient ta jeunesse ;

Et l'haleine des vents doucement te caresse :

Ton ombre, sur la terre évoquant le repos,

Semble prophétiser la fin de tous ses maux.

Poussant jusqu'aux enfers ta racine profonde,

Et, tout seul échappé du naufrage du monde,

Appui de la faiblesse et soutien de la foi,

La colombe un moment se reposa sur toi.

De ton léger rameau la verdure sacrée

Présage le salut à l'arche rassurée ;

Et le juste, éclairé par un arc immortel,

Sous ton feuillage saint dresse un premier autel.

Contemporain du monde, en son étroit espace,

Tout change, tout s'éteint, disparaît ou s'efface;

Mais la mer qui s'enfuit et les monts abaissés

Te retrouvent debout sur les siècles passés.

J'entends frémir les airs, le jour fuit, le ciel tonne,

Le serpent orgueilleux dans son gouffre s'étonne;

Sous de célestes mains tes flancs sont entr'ouverts,

Et le bruit de ta chute ébranle l'univers!

Déjà ton bois divin, où le salut se fonde,

Sur l'aile d'un Archange a traversé le monde,

Et, dans Jérusalem, phare mystérieux,

Sur quatre points sacrés semble envahir les cieux.

Ainsi va s'accomplir l'antique prophétie,

Montrant aux nations la gloire du Messie,

Qui, régnant par le bois, triomphe de l'enfer,

Et sur des tems plus doux ferme un siècle de fer.

Ainsi, sanctifiant une époque nouvelle,

Un empire sans fin au monde se révèle ;

Et vient, en conquérant les peuples et les rois,

Consacrer l'avenir du signe de la croix.

LA

DETTE DU SEIGNEUR.

Conclude elemosynam in corde
pauperis, et hæc pro te exorabit.
Eccless., *cap. XXIX.*

Fils aînés du Seigneur, qui, dotés sur la terre,

D'une joie éphémère inondez votre cœur,

Dans ce réduit obscur voyez pleurer un frère

Qui n'a jamais reçu la part de son bonheur.

Pourriez-vous bien, du ciel débiteurs infidèles,

Soustraire l'infortune aux soins du Créateur,

Et provoquer ainsi des peines éternelles,

Pour n'avoir pas payé la dette du Seigneur ?

Dieu, créant des humains cette grande famille,

Sans doute n'en voulut déshériter aucun :

O riche ! en ta maison si tant de faste brille,

C'est que tu puisas seul dans un trésor commun ;

Et si de la nature un besoin légitime

Peut, dans son désespoir, égarer le malheur,

Tu subiras aussi la peine de son crime,

Pour n'avoir pas payé la dette du Seigneur.

Du riche insouciant ô fatale imprudence,

Qui rend à son devoir son esprit étranger,

Qui d'un Dieu paternel trompe la providence,

En retenant les biens qu'il devait partager.

Lui seul de l'Éternel suspend la bienfaisance,

Annule de l'espoir la céleste faveur,

Et fait du Tout-Puissant accuser l'impuissance,

Pour n'avoir pas payé la dette du Seigneur.

Le riche a sur la terre une tâche divine,

Qui doit l'associer à ce pouvoir plus grand

Que l'œil n'aperçoit point, mais que l'ame devine

Par les dons infinis que sa main nous répand.

Il doit toujours du ciel porter un doux message,

Comme un ange apparaître au seuil de la douleur,

Et même du Très-Haut emprunter le nuage,

Quand il vient acquitter la dette du Seigneur.

Heureux le riche, pauvre au sein de l'opulence

4

Qui dérobe son ame à la prospérité !

Sur le livre de vie il s'inscrit en silence,

Et les biens éternels sont sa propriété.

Car le Sauveur, fidèle à sa sainte parole,

Ouvrant le ciel au pauvre, y met le bienfaiteur :

Le riche est acquitté par celui qu'il console,

Et tous deux ont payé la dette du Seigneur.

LA PASSION.

⬦ 9 ⬦

Emisit spiritum.

S. MATHIEU, *cap. XXVII.*.

ENTRE les cieux qui s'ouvrent à sa voix,

Et les enfers dont il ferme l'abîme,

Je vois un Dieu suspendu sur la croix,

Et tout son sang répandu pour mon crime.

La Foi s'étonne, et l'homme épouvanté,

En voyant du péché cette immense victime ,

Recule avec effroi de son iniquité ,

Médite la douleur dans sa grandeur sublime ,

Et pleure son setour à la félicité. ...

Bientôt un cri puissant trouble la terre et l'onde ,

Et brise les liens des enfers et des cieux :

Ce grand bruit du Salut , qui plane sur le monde ,

Dévoile du Seigneur le temple glorieux ;

Des mânes réveillés la troupe vagabonde

Redemande à la Mort ses ossemens poudreux :

Les anges sont saisis d'une douleur profonde ;

Satan même pâlit, et cet esprit immonde

S'enfonce en gémissant dans ses gouffres affreux.

La nature frémit, et la terre éperdue

Tremble tout à la fois de surprise et d'horreur;

Cette sombre vapeur, qui couvre l'étendue,

De l'univers en deuil augmente la terreur.

Le Tems s'arrête et n'ose achever sa carrière,

Ne donnant qu'à regret le moment qui le suit :

La Mort, qui doit frapper le Maître de la terre,

Adorant sa victime, à son aspect s'enfuit;

Mais, atteinte du Dieu qui lance le tonnerre,

Elle abdique à jamais son pouvoir criminel;

Et, consommant sur l'homme un terrible mystère,

Brise son aiguillon au choc de l'Éternel.

Oui tout est accompli, la terre est délivrée;

Celui qui du néant jadis l'avait tirée,

Qui de tant de bienfaits la comblait chaque jour,

Qui prit un corps mortel par un excès d'amour,

Expire ; et le péché, de sa main meurtrière,

Ferme les yeux du Dieu qui créa la lumière.

LA

RÉSURRECTION.

Christus, sepulcri faucibus
Emersus, ad lucem redit;
Hostem retrudit Tartaro
Cœlique pandit intima.

QUASIM. HYMN.

UELLE profane main, par la haine égarée,

Ose sceller un Dieu sous la pierre sacrée?

Quelle tombe retient dans la captivité

Le Dieu qui d'un seul pas franchit l'immensité?

Quel homme a réclamé le hardi privilége

D'établir au saint lieu sa garde sacrilége,

Et, troublant de la foi le deuil mystérieux,

Des fragiles mortels arrête ici les yeux?

Vainement de ce Dieu, que sa bouche blasphême,

Un tyran croit dompter la puissance suprême;

Vainement des soldats, redoutant son réveil,

Pour épier la mort repoussent le sommeil :

Le Dieu qui, d'un regard fécondant la matière,

De la nuit du chaos fit sortir la lumière,

Qui fait mouvoir du tems l'invisible ressort,

A repuisé la vie aux sources de la mort.

Cette main, qui jadis fit éclore le monde,

Entr'ouvre des enfers la caverne profonde;

Jésus-Christ, dans sa force et dans sa majesté,

Inonde les enfers d'un torrent de clarté.

Tous ces feux dévorans, que le Sauveur apaise,

Ont laissé refroidir leur immense fournaise,

Et Satan, arrêté sur l'éternel écueil,

S'irrite d'un repos dont frémit son orgueil.

Posant à l'horizon une épaisse barrière,

Trois fois la nuit plus sombre achève sa carrière;

Quand l'Archange, qui veille et compte les momens,

Ébranle du tombeau les divins fondemens.

La pierre se soulève; une flamme éclatante

Éblouit et renverse une garde insolente;

Et, de la mort absente adorant le vainqueur,

L'Ange brise le fer qui lui perça le cœur.

Sous l'immortelle épine on voit encor la trace

De ce sang précieux d'où rejaillit la grâce :

Au sépulcre désert ce linceul est resté

Pour attester à l'homme un Dieu ressuscité ;

Et le miracle saint, que l'Archange révèle,

Surprend Jérusalem d'une terreur nouvelle.

O femmes ! suspendez vos pieuses douleurs ;

Pourquoi sur ce tombeau répandre encor des pleurs ?

Déjà le Dieu vivant, dérobant son passage,

Vient de sa propre mort recueillir l'héritage ;

Céleste rédempteur de l'antique péché,

Il réclame le monde à l'enfer arraché ;

De son saint testament souverain légataire,

Sous le joug de la croix il vient courber la terre ;

Et, dressant du salut le contrat glorieux,

Il assure aux chrétiens le domaine des cieux.

LES CENDRES.

In sudore vultus tui vesceris pane,
donec reverteris in terram de quâ
sumptus es : quia pulvis es, et in pul-
verem reverteris.

GENES., *cap. III.*

IENS, mortel insensé, viens abdiquer ta gloire;

Efface des honneurs la stérile mémoire :

Sur la plage mobile, orgueilleux étranger,

Tu graves sur le sable un titre passager.

La voix du Temps proclame, et tu n'oses l'entendre :

« Un souffle, c'est la vie ; et l'homme n'est que cendre. »

Les mortels se jouaient sur un riant écueil ;

Quel rapide retour du plaisir vers le deuil !

Les rois ont détaché le brillant diadème,

Et tremblent sous le poids de l'empire suprême.

Des grands sont accourus, et leur humilité

Atteste qu'ici-bas tout n'est que vanité.

Le riche a renfermé, sous la double serrure,

De son corps abattu l'élégante parure ;

Et, du prêt de la vie inquiet débiteur,

Reconnaît son néant aux pieds du Créateur.

Tous, réclamant la poudre où le Tems fait descendre,

Confessent à genoux que l'homme n'est que cendre.

Un prêtre, pénétré d'un saint frémissement,

Au fond du sanctuaire apparaît lentement.

Ce front pâle, où le Tems sillonne son passage,

Décèle qu'il remplit un sévère message...

Son ame, initiée aux célestes secrets,

Étrangère à la joie, ignore les regrets ;

Et semble recueillir, vers la terre abaissée,

Sur un point fugitif une longue pensée.

De l'âge qui n'est plus le vague souvenir,

De ce peuple nouveau le fragile avenir,

Ce cercle de lumière où le tems se balance,

Cette ombre du trépas qui vers l'homme s'avance,

D'un trouble prophétique ébranlent ses esprits.

Il semble chanceler sur d'antiques débris ;

Et tandis que du tems il mesure l'abîme,

Son redoutable sceau marque chaque victime.

Sa voix mystérieuse atteste notre sort ;

Sa main plonge à demi dans l'urne de la mort,

Et son geste imposant au chrétien fait comprendre

Que ses jours sont comptés, que l'homme n'est que cendre.

Mais le prêtre contemple une sombre frayeur;

Et, bientôt raffermi dans la paix du Seigneur,

Pour chasser des humains la profane tristesse,

Il vient du Dieu vivant répéter la promesse.

En vain le corps mortel dans la poudre est jeté :

La chair a reconquis son immortalité :

Le tems qui la dévore est contraint de la rendre,

Et le ciel de ses fils doit réveiller la cendre.

L'ASCENSION.

Jam nube vectus fulgidâ
Terras jacentes despicis;
Ovansque, sublimem patris,
Homo Deus, scandis thronum.

ASCENS. HYMN.

Le monde est chancelant dans son obéissance,

Et Jésus-Christ vivant voit pleurer son absence.

Mais, lorsqu'il apparaît aux regards des humains,

L'incrédule sur lui pose en tremblant les mains.

Vainement de sa vie éclate la merveille,

La foi novice encor trop lentement s'éveille ;

L'homme doute d'un Dieu qu'il croyait un mortel,

L'Apôtre même hésite à dresser un autel.

Le Sauveur veut enfin révéler sa puissance,

Et, dans sa majesté, vers son père il s'élance :

Ouvrant l'éternité de son pied glorieux,

Sous son ombre éclatante il embrasse les cieux ;

Ces peuples de soleils, que son regard mesure,

Éclairent de son flanc la profonde blessure,

Et la grâce, qui naît de ce côté divin,

Jaillit sur l'univers comme un fleuve sans fin.

Quel cortége nouveau le presse et l'environne !

Quelle foule d'élus sa sainte main couronne !

Comme l'aigle qui fuit son nocturne séjour

Se hâte d'aspirer les premiers feux du jour,

Des Justes, échappés de leurs demeures sombres,

Dans le vaste empyrée on voit monter les ombres ;

Et les cieux, asservis à de nouvelles lois,

Sont ouverts aux mortels pour la première fois.

Le Seigneur par un signe a rassuré la terre ;

Consacrant de sa mort l'adorable mystère,

Sur la chaumière obscure et le trône des rois,

Les Anges qui passaient ont déposé la croix.

LA

PENTECOTE.

Quò vos, magistri, gloria, quò salus
Invitat orbis; sancta cohors, Dei
Portate verbum : vos reposcit
Prima seges, pia cura fratrum.

PENT. HYMN.

LES Apôtres, témoins d'une sainte victoire,

Ont revu l'Homme-Dieu dans l'éclat de sa gloire.

A peine a-t-il quitté ce terrestre séjour,

Qu'un Ange les console et promet son retour.

Ces hommes, que captive une même ignorance,

Timides dans leur foi, cachent leur espérance :

Leur ame s'épouvante à l'aspect du danger,

Et d'un culte secret écarte l'étranger.

Près de Jérusalem, sous un toit solitaire,

Ils viennent entourés des ombres du mystère,

Du Sauveur triomphant réclamer un appui;

Et leurs ardens soupirs s'élèvent jusqu'à lui.

Au sein de l'empyrée un souffle prophétique

Répond, par un long bruit, à leur pieux cantique;

Le tourbillon sacré, qui traverse les airs,

Jette, en langues de feu, d'innombrables éclairs.

Des vents impétueux la pompe solennelle,

Proclame du Seigneur une grâce nouvelle :

Et, du triple rayon dont s'embrasent les cieux,

L'esprit divin jaillit en reflets glorieux.

Les Apôtres, couverts des immortelles flammes,

Pénétrés de ce feu qui consume les ames,

De ce tems passager bravent tous les revers,

Et leur voix communique avec tout l'univers.

Leurs corps sanctifiés abdiquent la nature ;

A ce divin creuset leur sagesse s'épure ;

Et leur esprit, qu'éclaire un céleste flambeau,

Peut évoquer la mort jusqu'au fond du tombeau.

L'un brise du païen les idoles d'argile,

Sur de larges sillons fait germer l'Évangile,

Enracine la foi par sa sainte vigueur,

Et laboure le monde au profit du Seigneur [1].

L'autre, puisant au ciel des vérités sublimes,

Grave pour les mortels d'immuables maximes :

La foule des chrétiens, que la grâce a surpris,

Nous révèle qu'un Ange a dicté ses écrits [2].

Tel qu'on voit un lion, dans sa course rapide,

Arrêter le serpent que sa force intimide,

Celui-ci de Satan enchaîne la fureur,

Et renverse le trône où triomphait l'erreur [3].

[1] S. Luc.

[2] S. Mathieu.

[3] S. Marc.

L'Apôtre, qui d'un Dieu fit l'étude profonde,

De saintes visions épouvante le monde :

Comme l'aigle qui s'ouvre un chemin radieux,

Il va briser des tems les sceaux mystérieux [1].

Leur chef infatigable, à sa seule prière,

Fait au sein des cachots descendre la lumière.

Pour bannière du monde il élève la Croix,

Et du signe sacré marque le front des rois [2].

Douze pêcheurs, versant une onde salutaire,

Dans leurs vastes filets ont embrassé la terre ;

Les hommes sont unis par le même lien :

Le monde des Gentils est le monde chrétien.

[1] S. Jean.

[2] S. Pierre.

Dieu ramène son peuple à la terre promise :

Sur la pierre immuable il fonde son Église,

La dote, pour le ciel, de trésors infinis,

Et jette dans son sein les clefs du paradis.

LA MESSE.

Manducaverunt et adoraverunt omnes
pingues terræ ; in conspectu ejus cadent
omnes qui descendunt in terram.
PSALM., *XXI.*

Quand la religion respire d'un long deuil,

Quand le ciel de l'impie a terrassé l'orgueil,

Rappelons, dans ces tems si féconds en miracles,

Le miracle éternel de nos saints tabernacles,

6

Où le Dieu de Jacob, voilant sa majesté,

Paraît encor plus grand dans son obscurité.

Pour fléchir du Très-Haut la sévère justice,

Pour fermer des enfers l'antique précipice,

Il est un sacrifice invisible et réel,

Où Jésus, expiant les crimes d'Israël,

Pour s'unir aux mortels par un lien intime,

Fait un homme d'un Dieu, fait d'un Dieu la victime;

Où celui qui couronne ou renverse les rois,

Triomphant de la Mort et vainqueur sur la croix,

Pour racheter encor les crimes de la terre,

S'immole chaque jour au fond du sanctuaire.

Mais quel bruit a troublé le silence pieux

Du mortel recueilli qui médite les cieux?

Entendez-vous l'airain qui lentement résonne ?

Voyez-vous cet autel qu'un simple bois couronne ?

Vers nos divins parvis, mortels, accourez tous :

C'est un Dieu qu'on appelle, et qui descend pour vous !

Le pontife s'avance : une étole azurée,

Le pur et blanc tissu de sa robe sacrée,

Cette chaste pâleur, cet auguste maintien,

Tout décèle le juste, et montre le chrétien.

Un enfant le précède, et sa douce innocence

Semble d'un Dieu de paix présager la clémence.

L'Archange du Très-Haut, qui veille près de lui,

Assure à sa faiblesse un immortel appui.

Au pied du saint autel le pontife s'arrête,

Et l'esprit du Seigneur a plané sur sa tête.

Pour soumettre Dieu même à de mortelles lois,

Il élève vers lui sa suppliante voix.

Le ciel a répondu par ce divin cantique

Qu'entonne avec les saints la lyre séraphique :

Les chrétiens, attentifs aux célestes leçons,

Sur mille tons divers en modulent les sons.

Le prêtre a soulevé ce livre évangélique

Qui, partout répandu, reste toujours unique ;

Et, pacte solennel de la terre et des cieux,

Restera de l'erreur toujours victorieux.

Il répète d'un Dieu la parole adorable,

Et vient renouveler la cène mémorable

Où, la-mort pâlissant sur son front radieux,

Le Christ à ses élus fit ses derniers adieux.

Du Rédempteur du monde attestant les promesses,

Le prêtre va du ciel épuiser les largesses :

Et, pénétré du Dieu qu'il n'ose concevoir,

Il ravit par la foi le céleste pouvoir.

Il parle, et tout frémit sous la voûte divine,

Les cieux sont avertis, et la terre s'incline,

Le pain est consacré par un mot solennel,

Et le prêtre, en tremblant, soulève l'Éternel.

Déjà l'azyme saint, sous sa frêle apparence,

A renfermé d'un Dieu l'immortelle substance ;

Et celui qui des cieux est l'unique héritier,

Au plus faible mortel vient s'offrir tout entier.

Peindrai-je les trésors du pain Eucharistique,

L'angélique repas et la coupe mystique

Où Jésus, revêtant notre fragilité,

Échange contre nous son immortalité ?

Ici le cœur fléchit sous le poids de la grâce :

Le mystère est trop grand pour qu'un mot le retrace.

D'une cause ineffable en adorant l'effet,

Que le salut de tous soit le prix du bienfait !

Venez, d'un long silence esclave volontaire,

Dont le corps languissant a gémi sous la haire ;

Venez, vierge timide, et vous, jeune orphelin ;

Venez, vous dont le tems à marqué le déclin ;

Et vous qu'un zèle ardent contre vous-même anime,

Qui pleurez une faute, ou détestez un crime,

Et, cherchant la pitié que l'on doit à l'erreur,

Ne trouvez que la honte au sein de la douleur ;

Venez ! quand un mortel à cet autel aborde,

Il trouve l'espérance et la miséricorde.

Le Dieu qui règne ici n'est point un Dieu vengeur :

S'il accueille le juste, il cherche le pécheur.

Ici la charité, fervente et magnanime,

A puisé sur l'autel le zèle qui l'anime,

De son voile pieux couvre le pénitent,

Et conduit le chrétien à son Dieu qui l'attend.

Ici fuit du remords la redoutable trace :

C'est dans le sang d'un Dieu que le crime s'efface ;

Et la foi, l'éclairant de son divin flambeau,

Du vieil homme épuré fera l'homme nouveau.

MAGDELEINE,

OU

LES TROIS DEGRÉS DE PÉNITENCE.

Quæ enim secundùm Deum tristitia
est, pœnitentiam in salutem stabilem
operatur : sœculi autem tristitia mor-
tem operatur.

Ad Cor., *II*, *c.* 7.

Ur les bords du Jourdain, dans une grotte obscure,

Des enfans de Jacob antique sépulture,

Séjour du pâle ermite autrefois habité,

Par l'Ange du désert aujourd'hui visité,

Magdeleine gémit, et son cœur qui murmure,

Veut en vain sous la haire étouffer la nature.

Son œil, fixe parfois et souvent inquiet,

A travers ses remords laisse voir un regret :

Sur son corps délicat, l'épine déchirante,

Par des traits douloureux, vainement la tourmente.

Son cœur conserve encore et ne saurait bannir

Du monde qu'elle fuit le brillant souvenir ;

Des parens qu'elle quitte elle voit les alarmes ;

Voit ce peuple long-tems ébloui de ses charmes ;

Croit respirer toujours une douce vapeur,

Repousse lentement un espoir enchanteur,

Dans un vague soupir exhale sa faiblesse,

Soulève doucement l'épine qui la blesse,

Et ce cœur, qu'à demi la grâce avait dompté,

Oppose ses douleurs à sa fragilité.

Mais quel nouvel objet à mes yeux se présente ?

De Magdeleine enfin la grâce est triomphante !

Ce n'est plus le remords ni la sombre terreur

Qui glace tous nos sens d'une secrète horreur,

D'une froide raison stérile pénitence,

D'un cœur profane encor inutile souffrance :

C'est le premier élan, c'est le premier soupir

D'une ame où vient de naître un tendre repentir ;

Cessant par des rigueurs d'attrister la nature,

Celle qui va brûler d'une flamme si pure

Trouve dans ses regrets de plus vives douleurs,

Et de ses yeux enfin je vois couler des pleurs.

De la crainte à l'amour ô divine nuance !

Compagne de la foi, fervente pénitence

Seul espoir du pécheur ! ton délire pieux

Fait envier tes pleurs au mortel vertueux !

Magdeleine du monde est enfin détachée ;

Sur son cœur languissant sa tête s'est penchée ;

Son bras, sur ses genoux, reste sans mouvement :

Elle ignore ses pleurs et son abattement.

Dans un doux repentir cette ame recueillie,

D'une faible existence est à peine avertie.

De ce triste repos solitaire témoin,

Un Ange de ses jours a daigné prendre soin.

O doux enchantement de la mélancolie !

A sa sainte douleur lui-même il s'associe ;

De ses jours pâlissans ranime le flambeau,

Pour contempler encor un si touchant tableau.

Une angélique main dans le ciel le retrace :

Le ciel est attentif aux effets de la grâce.

Dans leur félicité, tous ces divins esprits

D'une pitié soudaine eux-mêmes sont surpris.

L'Éternel, attachant ses regards sur le monde,

Voit Magdeleine en paix dans sa douleur profonde.

Il ordonne à la Mort d'en terminer le cours,

L'appelle, et l'initie aux célestes amours.

LA

MORT DU PÉCHEUR.

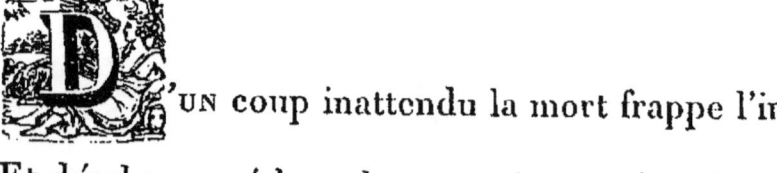

Non est enim in inferno accusatio
vitæ.

ECCLESIAST., *cap. XLI.*

D'UN coup inattendu la mort frappe l'impie,

Et dérobe au pécheur le tems où tout s'expie :

Des ombres du trépas soudain enveloppé,

L'homme dit au plaisir : Pourquoi m'as-tu trompé?

C'est en vain qu'il voudrait, à son heure suprême,

Évoquer le néant et s'abjurer lui-même ;

Son regard, vers le ciel tristement arrêté,

Atteste malgré lui son immortalité.

Il frémit du passé, l'avenir l'épouvante :

Rien ne peut rassurer son ame impénitente.

Quand le monde trop tôt à son œil disparaît,

Il cherche un repentir et ne sent qu'un regret.

Sur l'abîme profond où l'amitié le laisse,

Où vient d'un fol amour expirer la faiblesse,

Quel Ange ou quel mortel a reçu le pouvoir

De retremper son cœur ouvert au désespoir?

Un prêtre, dont la Foi provoque le courage,

Veut lui tendre la main au milieu du naufrage :

Sa charité fervente a frémi d'un retard,

Il vient saisir cette ame, au moment du départ;

Rien ne peut refroidir le zèle qui l'anime,

Il prétend à l'enfer arracher sa victime;

Accoutumé du ciel à frayer les chemins,

Il présente au mourant le Sauveur des humains.

« Mon fils, pour ton salut, à genoux je t'implore,

« L'éternité s'approche, et le jour luit encore :

« Un seul moment te reste, il suffit pour la foi :

« Mon fils, un repentir, et le ciel est à toi!

« Tu récuses ton juge en réclamant un père;

« Déjà l'homme est sauvé du moment qu'il espère;

« Et le Dieu qui sonda les misères du cœur

« Met la miséricorde au chevet du pécheur.

« Implore du Sauveur la bonté sans seconde.

« Au nom d'un Dieu qui meurt pour le salut du monde :

« Par la Trinité sainte et le ciel qui m'entend,

« Je t'absous du péché, si ton cœur se repent. »

Il semble que du prêtre un geste prophétique

Entr'ouvre vers le ciel une route angélique ;

Que, dès le premier mot qu'il avait prononcé,

Déjà l'esprit divin sur cette ame est passé.

L'agonisant murmure une faible prière :

Cette larme qui roule et mouille sa paupière

Révèle que du prêtre il entendait la voix ;

D'un pieux mouvement il a pressé la croix.

Sitôt que du salut sa main saisit le gage,

De la mort sur son front s'éclaircit le nuage ;

Son œil cherche le prêtre, il semble le bénir,

Et son cœur lui répond par son dernier soupir.

L'AME

CHRÉTIENNE.

———◦———

Bonam volontatem habemus magis
peregrinari à corpore, et præsentes
esse ad Dominum.

II. Ad Cor., c. *V*.

DANS les liens du corps notre ame prisonnière

Par un sublime instinct aspire à d'autres lieux ;

Sa pensée à la vie échappe tout entière,

Dans le sein d'un mortel elle rêve les cieux.

Elle semble à regret habiter la matière;

Et, souveraine encor dans sa captivité,

Se rappelant toujours son essence première,

Vouloir se rattacher à la Divinité.

Rien ne peut ralentir sa vive impatience;

Et Dieu seul peut fixer son regard solennel :

On dirait que du ciel ayant l'expérience,

Rien n'accomplit ici son désir éternel :

Elle paraît grandir au sein de la souffrance;

Sur les vagues du tems assurant son repos,

Elle dit au Seigneur : « Soyez mon espérance! »

Et la main du Seigneur la soutient sur les flots.

C'est en vain que la joie en passant la convie,

Que le plaisir lui crie : « Arrête près de moi! »

Tout le bonheur qui brille au prisme de la vie

S'évanouit pour elle, au flambeau de la Foi.

Le Seigneur qui la cherche et l'envie à la terre,

A l'attrait du danger oppose un saint effroi;

Et, d'un céleste appui découvrant le mystère,

Lui répète en secret : « Je suis auprès de toi!

LE

MIRACLE DE LA CROIX.

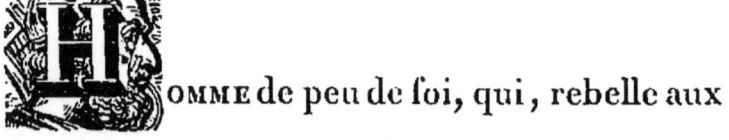

Signum novi crux federis,
Crux orbis arca naufragi,
Cùm jam perimus nos ratis,
Portus refers in patrios.

CARMEN EXALT.

Homme de peu de foi, qui, rebelle aux miracles,

Écoutes sans entendre et regardes sans voir,

Viens-tu tenter le ciel au pied des tabernacles ?

8

Crois-tu nous éblouir d'un orgueilleux savoir?

A tes sophismes vains que la terre réponde!

Vois briller dans les airs le signe de la Croix :

Vois l'astre du salut se lever sur le monde,

Et cet humble Évangile adoré par les Rois.

Ton cœur veut rejeter ce qu'il croit impossible.

Explique de la Croix le miracle visible !

En vain contre le ciel l'enfer a combattu :

Vois ce peuple de Dieu sous le Christ abattu ;

Vois l'esprit descendu sur l'aile du tonnerre,

D'un baptême de feu purifier la terre.

Ces témoins du Seigneur, Apôtres immortels

Qui briguent le martyre et fondent les autels ,

Tous ont d'un Dieu vivant reconnu l'évidence;

La Grèce a retenti de leur sainte éloquence;

Elle abdique à genoux sa stoïque fierté,

Et bénit de la Croix la douce humilité.

Le Romain du Sauveur écoute la parole,

Déjà la Foi triomphe au front du Capitole,

L'Église universelle adopte ses remparts,

Et la Croix a conquis le trône des Césars.

De ces tems nouveaux vois les nouveaux prodiges.

En vain des conquérans tu cherches les vestiges;

Sous le souffle de Dieu l'impie est renversé,

Et la Croix s'édifie où sa gloire a passé.

Cesse de disputer le salut de ton ame,

Croire c'est espérer, le doute est un malheur,

Le Sauveur nous l'a dit, l'Église le proclame :

Heureux celui qui croit, il verra le Seigneur.

LA

FÊTE-DIEU.

Deus Dominus, et illuxit nobis. Consti-
tuite diem solemnem in condensis, usque
ad cornu altaris.

PSALM., cap. CXVII.

E l'airain consacré le son religieux

A réveillé la terre et réjoui les cieux.

Le chrétien matinal a devancé l'aurore ;

8.

De l'éclat des flambeaux l'horizon se colore;

Un temple improvisé, décorant chaque lieu,

Signale à l'univers la fête de son Dieu.

Dans ce vaste palais quelle main opulente

A recouvert les murs d'une pourpre éclatante?

Le myrte a dessiné de superbes frontons,

La dentelle descend en mobiles festons.

Au divin reposoir, que l'artiste façonne,

L'or brille, l'encens fume et l'hymne saint résonne.

Cent vases travaillés par de savantes mains

Ont enrichi l'autel du maître des humains;

Et le chrétien obscur, que tant de faste étonne,

S'afflige de n'offrir qu'une simple couronne.

Laboureurs vigilans, silencieux bergers,

Dépouillez les rameaux de vos simples vergers.

Plus heureux d'ignorer nos pompeuses délices,

Vous offrez des jardins les fragiles prémices;

La nature pour vous n'a créé que des fleurs,

C'est sur vous que le ciel épanche ses faveurs.

De votre lin grossier entourez les chaumières,

Couvrez le vieux donjon des roses printanières:

Que ce lit de verdure à Dieu soit présenté;

Ce Dieu naquit dans l'ombre et dans la pauvreté.

L'Église a célébré la messe solennelle,

Et semble refleurir sur sa tige éternelle;

Ces fils qu'elle initie à son sort glorieux

Ont partagé le pain consacré par les cieux ;

La terre a retenti d'une vive allégresse ;

Le monarque pieux près du peuple s'empresse ;

Sur la ligne sacrée où domine la Croix ,

Marchent la villageoise et la fille des Rois.

Les armes ont cessé d'épouvanter la terre ,

Et couvertes de fleurs tracent un long parterre ;

Naïfs imitateurs de la foi des mortels ,

Les enfans dans leurs jeux ont créé des autels.

Quel groupe virginal du peuple se détache ?

Sous ce voile ondoyant que la pudeur rattache ,

Des filles que recouvre un même vêtement ,

Sur des sentiers fleuris s'avancent lentement.

La guirlande qui pare une tête angélique,

Ce rosaire flottant, ce céleste cantique,

Et ce lis échappé de leurs timides mains,

Rappellent qu'une Vierge a sauvé les humains.

De ces adolescens la voix touchante et pure

Célèbre en chœur le Dieu qui créa la nature ;

Et vers le dais sacré, mobile reposoir,

Des anges de la terre élèvent l'encensoir.

Quand du peuple chrétien cette innombrable foule

Vers le temple sacré comme un torrent s'écoule,

Toi seul, infortuné, tu marches à l'écart,

Pauvre dans cette pompe, heureux d'y prendre part.

Viens, de la pauvreté le don est un mystère,

Que le Sauveur voulut expliquer à la terre,

Lui-même il vécut pauvre et fut persécuté.

Au banquet du Seigneur le premier invité,

Bannis de tes chagrins la passagère étreinte ;

Viens, auprès du Seigneur tu peux marcher sans crainte ;

Laisse aux riches le monde à partager entre eux :

Le royaume du ciel est pour les malheureux.

Enfans, venez puiser aux sources de la vie,

A vous approcher tous le Seigneur vous convie ;

Vos timides accens sont toujours les plus doux ;

Ce Dieu fut autrefois un enfant comme vous.

Mais le soleil divin, dans sa course féconde,

A béni les mortels, purifié le monde ;

Et, le sein tout couvert de ses riches présens,

La terre vers le ciel exhale un doux encens.

LE PRÊTRE.

Labia enim sacerdotis custodient
scientiam, et legem requirent ex ore
ejus; quia Angelus Domini exerci-
tuum est.

MALACH., c. II.

 Heureux l'homme chargé d'un divin ministère

Qui, des rites sacrés pieux conservateur,

Comme un Ange de paix, en passant sur la terre,

Bénit la créature au nom du Créateur.

De la miséricorde il est l'agent suprême,

Il vient, en réclamant le juste et le pécheur,

9

Résoudre du salut l'ineffable problème,

Et préparer la voie où passe le Seigneur.

Lui seul peut, révélant sa morale sublime,

Soutenir la vertu dans son céleste essor;

Lui seul peut évoquer l'immortelle victime,

Et de la pénitence ouvrir le grand trésor.

Il peut diviniser notre raison fragile,

Annuler des enfers le pacte criminel,

Sous les phases du tems affermir l'Évangile,

Et nourrir les humains du corps de l'Éternel.

A ses ordres secrets la grâce obéissante

De l'eau vive des cieux féconde les autels;

Par un seul mouvement sa main toute-puissante

Imprime l'Esprit-saint sur le front des mortels;

Il semble à son désir que Dieu même réponde,

Lorsque sur l'univers il exalte la Croix ;

Son pouvoir invisible envahit l'autre monde,

Et partout il commande au nom du Roi des Rois.

Il accueille notre ame aux portes de la vie,

Et pose du salut le sceau religieux ;

Pour la soustraire au mal dont elle est poursuivie,

Il verse de la Foi les dons mystérieux :

Sans tache il la conduit au bout de sa carrière,

Conservant au Seigneur ce dépôt précieux ;

Et, lorsqu'à la nature il lègue sa poussière,

D'avance il a marqué sa place dans les cieux.

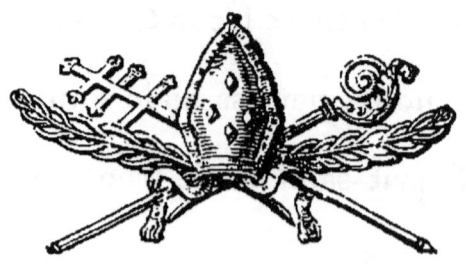

LE

COEUR DE JÉSUS,

OU

LE PARDON DES INJURES.

Estote autem invicem benigni, mise-
ricordes, donantes invicem, sicut et
Deus in Christo donavit vobis.

S. PAUL., *ad. Eph.*, *cap. IV.*

Cœur sacré! de l'amour source vive et profonde,

Où viennent s'effacer tous les crimes du monde,

Aux pleurs de repentir ta clémence répond :

Tu scellas du pécheur l'ineffable pardon,

9.

Oppose dans toi-même, holocauste sublime,

Au crime le plus grand la plus grande victime !

A ta propre justice, en t'immolant pour nous,

Détourne encor ta foudre et fléchis ton courroux.

Qui peut d'un cœur divin mesurer l'indulgence ?

Séparer son amour de sa toute-puissance ?

Quel homme audacieux, dans sa fragilité,

Poserait la limite où finit sa bonté ?

C'est des cœurs les plus doux que ce cœur s'environne ;

Pacifique mortel, sa grâce le couronne :

C'est à la Charité que le ciel est promis.

Aimez, et vos péchés vous seront tous remis.

Sacrilége chrétien, à ton culte parjure,

Qui poursuis sur ton frère une frivole injure,

Si l'esprit du Seigneur te conduit au saint lieu,

Vois la miséricorde attester le vrai Dieu.

Vois ce cœur traversé d'une flèche éternelle ;

Écoute Jésus-Christ et sa voix solennelle ;

Quand une lance impie a déchiré son sein,

Il implore un pardon pour ce peuple assassin.

Obéis à la loi de ton souverain maître,

Ou près de ses autels garde-toi de paraître ;

Brise de ton orgueil les méprisables fers,

La haine est le tourment qu'imposent les enfers !

LE

CHRÉTIEN.

———

. . . . Illum,
Si fractus illabatur orbis,
Impavidum ferient ruinæ.

Hor.

'UN terrestre plaisir pour détourner son ame,

Le chrétien recueilli fréquente le saint lieu ;

Afin de mériter le salut qu'il réclame,

Il vient y méditer la parole de Dieu.

Au milieu des humains on le voit solitaire ;

Mais, toujours de la loi fidèle observateur,

Sans trop l'apercevoir il visite la terre :

Dans toute la nature il voit le Créateur.

En vain la foudre gronde et menace sa tête,

Les élémens troublés ne troublent pas son cœur :

Son ame est assurée, il brave la tempête,

Et reste toujours calme en face du malheur.

On dirait que du sort mesurant l'inconstance,

Il échange avec Dieu son fragile destin ;

Qu'il a déjà conquis sa seconde existence,

Et que son espérance est un bonheur certain.

S'il remonte la vie au sommet de ses ondes,

Le tems ne fait qu'accroître et mûrir sa ferveur;

Son ame fructifie, et ses vertus fécondes

Font germer pour le ciel là moisson du Sauveur.

Et lorsque la nature a désigné sa tombe,

Au soir mystérieux qui n'a point de retour,

Il s'endort sur la terre où le corps seul succombe,

Et va se réveiller au céleste séjour.

LE CRUCIFIX.

Crux alma, salve, crux venerabilis,
Torrente Christi sanguinis ebria,
Testis dolorum, tu suprema
Verba Dei morientis audis.

SUSCEP. HYMN.

u sein du pénitent et sur le cœur du juste,

Divin consolateur, mes yeux t'ont rencontré !

Partout j'ai retrouvé de ta clémence auguste

Le signe révéré.

10

Sur le chemin rustique, au pieux monastère,

Dans le palais des rois, au sommet des autels,

Tu parais méditer, sur ta croix solitaire,

    Le repos des mortels.

On dirait que, planant sur la nature entière,

Tu t'exiles des cieux pour subir notre sort ;

Que ton ombre s'incline au bord du cimetière,

    Pour protéger la mort.

Flexible à la pitié, quand le pécheur t'aborde,

Tu sembles, vers ton père en élevant les mains,

Contraindre le Très-Haut à la miséricorde,

    Et bénir les humains.

Toujours, du malheureux espérance première,

Près de la froide paille où coulent tant de pleurs,

Je te vois apparaître au fond de la chaumière,

Couronné de douleurs.

Dans l'humide cachot où rampe la souffrance,

Quel Ange de ta croix fit le céleste don !

A tes pieds l'innocent attend sa délivrance,

Le crime son pardon.

Ce pécheur, en fermant les yeux à la lumière,

Ne confia qu'à toi son dernier repentir :

Ton oreille attentive entendit sa prière,

Qui ne fut qu'un soupir.

Des peines de la terre, ô confident intime !

Tu viens de la douleur nous enseigner le but ;

Tu viens, prêtre éternel et céleste victime,

Conquérir le salut.

LA
BÉATITUDE.

Justi autem in perpetuum vivent, et
apud Dominum est merces eorum et
cogitatio eorum apud Altissimum.

SAP., c. V.

'ENTENDS-JE pas le bruit de l'airain funéraire,

Qui proclame la mort et l'immortalité?

Il répète au chrétien que le tems peut distraire :

« Plaisirs, gloire et grandeurs, tout n'est que vanité. »

Quelle ame bienheureuse entre dans la lumière?

Quel homme, au dernier jour, du Seigneur visité,

Par un saint mouvement abdique sa poussière,

Et par un seul soupir franchit l'éternité?

Ame, qui du trépas sondes le grand mystère,

Et qui vois du Seigneur le règne solennel,

Apprends-moi quel transport t'a ravie à la terre;

Quel désir t'a conduite au sein de l'Éternel?

Dis-nous, pour remporter ta céleste victoire,

Quel Ange t'a donné le mot mystérieux?

Dis-nous, pour louer Dieu, pour célébrer sa gloire,

La sublime oraison que répètent les cieux?

Révèle des élus la joie inaltérable,

Cet espoir accompli dans un amour divin ;

De plaisirs inconnus cette chaîne ineffable,

Et ce bonheur qui croît dans un cercle sans fin?

D'un cœur qui cherche Dieu, fervente inquiétude!

Pourquoi de ce chrétien interroger l'esprit?

Le suprême secret de sa béatitude,

De la main du Seigneur, dans notre ame est écrit.

Dans l'amour du Seigneur repose-toi, mon ame;

Jouis du vrai bonheur qu'anticipe la foi !

Encore un jour peut-être, et ton Dieu te réclame,

Car il n'est qu'un moment entre le ciel et toi !

LE DÉLUGE.

Rupti sunt omnes fontes abyssi
magnæ, et cataractæ cœli apertæ
sunt.

GENES., *c. VII.*

De tant de nations triste et dernier sommeil !

Épouvantable nuit qui n'eut point de réveil !

L'Océan, qui franchit les rivages du monde,

Jusqu'au pied du Liban vient dérouler son onde;

Sa mugissante voix pénètre les déserts :

Un naufrage éternel menace l'univers.

De l'Ange du trépas les ailes se découvrent,

Et des cieux irrités les cataractes s'ouvrent :

L'Etna, dans sa hauteur, envahi par les eaux,

De ses foyers éteints n'a vomi que des flots;

Et les puits du Carmel, de leur source profonde,

Grossissent des torrens la fureur vagabonde.

Ainsi, la terre voit déchirer tous ses flancs

Et de son sein jaillir de nouveaux Océans.

Les pôles, ébranlés sur leurs voûtes anciennes,

S'affaissent sous le poids des mers aériennes

Qui ceignent l'univers d'un funèbre bandeau,

Pressent le globe entier d'un immense fardeau,

Et, se précipitant au long bruit du tonnerre,

Sous un seul élément enveloppent la terre.

Elle n'est plus. Voyez son liquide linceul!...

Quelle main a lancé son mobile cercueil?...

Le soleil, qui la vit triompher dans son crime,

La retrouve en passant dans le fond de l'abîme,

Ses forfaits accomplis ont consommé son sort,

Et tout ce qui vécut meurt d'une seule mort.

O fatale agonie ! indicible torture !

Jour terrible qui vit expirer la nature !

Sous le courroux du ciel il n'est aucun abri.

Et quand l'humanité jetait son dernier cri,

Ce cri, sombre signal d'une affreuse détresse,

Frappe aussi l'Éternel d'une sainte tristesse :

Sur la terre il retient son regard attaché,

Regrette son ouvrage et maudit le péché.

Mais, clément pour le juste au jour de la souffrance,

Son souffle pur et doux fait voguer l'espérance,

Et son esprit encore est porté sur les eaux.

Déjà l'Arche apparaît sur l'humide chaos.

Un homme veille et prie, au sommet de l'orage,

Et par la Foi, le monde est sauvé du naufrage.

LE PÉLERIN.

Ozano appena d'inalzar la vista
Ver la citta, di Christo albergo eletto,
Dove mori, dove sepolte fue,
Dove poi rivesti le membra sua.
La Gerusalemme lib., *canto III.*

Salut, terre sacrée, antique Palestine,

Religieux dépôt de la Grâce divine;

Tes champs abandonnés, tes arides sillons,

Fournissent pour la Foi d'abondantes moissons.

Jourdain, fleuve pieux, déroule-moi ton onde,

Où l'on vit s'opérer le baptême du monde :

Le chrétien, sur la terre altéré voyageur,

De tes paisibles eaux savoure la douceur.

Ici l'infortuné, que le remords opprime,

Vient expier l'erreur ou se laver d'un crime ;

Ici, le fier mortel qu'éblouit son destin,

Vient déposer, le soir, la pompe du matin.

Sous le saint horizon que l'Église révère,

Cache ton front sanglant, montagne du Calvaire !

Assez, à ton aspect, doivent couler de pleurs ;

Dérobe à mes regards d'immortelles douleurs !

Je venais m'égarer près de l'humble chaumière

Où de l'œil d'un enfant a jailli la lumière :

Vers la route inconnue, un son harmonieux

Sur de flexibles joncs arrête ici mes yeux.

Est-ce donc ce réduit obscur et solitaire

Qui jadis renfermait le maître de la terre ?

Je cherche le berceau des Anges caressé,

Et l'indigente paille où ce Dieu fut placé !

Auguste pauvreté, quand le monde t'abaisse,

Rejette en son néant l'orgueilleuse richesse ;

Vois quel lange grossier a captivé ces mains

Qui ferment les enfers et sauvent les humains !

Inconcevable don, mystérieuse enfance !

O terre de l'exil, terre de l'espérance !

O décrets du Seigneur si terribles, si doux !

Le cœur qui vous comprend est troublé devant vous.

Mais le Dieu reparaît tout brillant de jeunesse ;

Il confond des docteurs l'orgueilleuse sagesse ;

Je crois entendre, au temple, une puissante voix.

Jérusalem sourit à de nouvelles lois.

La vérité descend comme une douce aurore ;

Je vois la Charité sur ses lèvres éclore !

Quelle femme éplorée ose arrêter ses pas ?

La pierre va frapper et lancer le trépas :

La justice de l'homme a dicté la sentence :

Mais le Dieu ne voulut qu'enseigner la clémence ;

Et celui qui créa la faible humanité,

Mesure le pardon à la fragilité.

Sa voix a suspendu la redoutable pierre :

Quel bras audacieux eût jeté la première ?

Ce long voile du cœur est enfin arraché :

Sous les regards de Dieu, quel homme est sans péché ?

Ici l'onde se brise et la foudre s'apprête ;

L'Apôtre s'épouvante aux cris da la tempête ;

Mais le Dieu, qui conserve un sublime repos,

Pour apaiser les vents, a marché sur les flots.

Du pain miraculeux la pesante corbeille,

Et ce vin que jamais n'avait mûri la treille,

Cette tendre amitié qui réveille les morts,

Ces trois lugubres chants et ce soudain remords,

Tout m'apparaît encor ; et par un saint prestige

La Foi vient à mes yeux recréer le prodige.

Au céleste jardin quel espoir me conduit ?

Sous le vaste olivier quelle profonde nuit !

Sur d'antiques rameaux une épaisse verdure

Atteste le pouvoir qui dompte la nature ;

Ces immuables troncs qui triomphent du tems

Sont restés de la Foi les sacrés monumens.

Sous l'inflexible tige où chaque siècle passe ,

Je veux d'un pied divin retrouver quelque trace.

J'évoque un seul rayon , mes vœux sont superflus ,

La lumière du ciel n'y pénètrera plus :

Mais un Ange l'habite , et sa main qui s'incline

Rajeunit de ces bois la féconde racine.

Toi qui soutins un Dieu , dans ce jour solennel

Où des douleurs d'un fils tressaillit l'Éternel ,

Redis-moi ces soupirs , cette mortelle atteinte ,

Cette amère agonie et cette douce plainte ,

Quand ce Dieu, succombant sous notre iniquité,

Repoussa le calice à l'homme présenté.

J'avance et je frémis :... quéls nuages funèbres

Élèvent jusqu'au ciel leurs immenses ténèbres?

Le soleil étonné recule à cet aspect

Et voile sa lumière avec un saint respect;

Le tems est arrêté, l'éternité s'élance,

Les Anges sont assis dans un triste silence :

De leurs pâles flambeaux l'éclat mystérieux

Sur un sépulcre ouvert me révèle les cieux!

Irai-je contempler, à l'ombre de sa gloire,

D'une vivante mort l'ineffable victoire?

Nul mortel ne franchit l'impénétrable seuil,

Et mon cœur abattu veut recueillir son deuil.

Ne nous éloignons plus de ce muet espace ;

Sur la terre promise il me faut une place :

Du pauvre pélerin que le corps ignoré

Repose près du Dieu qu'il avait adoré.

LES CATACOMBES,

OU

LE JOUR DES MORTS.

In mortuum produc lacrymas et quasi
dira passus incipe plorare , et secundum
judicium contege corpus illius; et non
despicies sepulturam illius.

ECCLESIAST., c. *XXXVIII*.

QUEL lamentable bruit retentit dans les airs,
Et quel voile de deuil pèse sur l'univers !

Réveillant les douleurs que la nuit vient suspendre,

La cloche matinale au loin se fait entendre :

Ses repos mesurés et ses longs tintemens,

Emblèmes de la mort, sont l'image du tems.

Elle annonce aux mortels une lugubre fête ;

Chacun sur une tombe en soupirant s'arrête :

L'homme y voit de ses jours l'inévitable écueil ;

Et la terre gémit sur un vaste cercueil.

Mais un pâle cortége a percé les ténèbres

Qui couvrent du trépas les demeures funèbres...

Quelle main, soulevant les bornes du tombeau,

D'un peuple qui n'est plus peuple un monde nouveau ?

La mort étale ici sa pompe meurtrière ;

Elle oppose à la vie une immense barrière ;

Et, même aux sombres lieux où son pouvoir s'étend,
Montre l'homme infini jusque dans son néant.

O vous qui, dans le trouble et dans l'inquiétude,
Faites de vos plaisirs votre seule habitude,
Venez et contemplez ces nombreux ossemens,
D'un mobile destin tranquilles monumens.
Ici gît des Français la déplorable race,
Ici la même poudre offre la même trace.
La mort, dépouillant tout d'un éclat emprunté,
Égalise le rang, la force et la beauté.
Au large réservoir où chaque âge s'écoule,
Près du pauvre le riche est jeté dans la foule.
Conquérant, orgueilleux de tes sanglans exploits,
Toi-même obéiras à d'inflexibles lois.

Sous ce crêpe léger, quelle vierge timide

A visiter ces lieux aujourd'hui se décide,

Abandonne à regret la lumière des cieux,

Et trouble ici du tems le cours silencieux?

La rose par degrés sur ses lèvres s'efface :

Elle voit de la mort le redoutable espace,

Regrette son matin à peine commencé,

Et voudrait en fuyant retrouver le passé.

Un mortel, égaré sur cette route sombre,

Des victimes du tems cherche à grossir le nombre;

Et, contre la terreur fort de son désespoir,

Vient braver de la mort l'indomptable pouvoir.

Il vient, trop dédaigneux du présent de la vie,

Exhaler les chagrins dont elle est poursuivie,

Et, dans ses passions prompt à se consumer,

Atteindre ici le point qui doit le renfermer.

Son avide regard, sur l'arène stérile,

Découvre sans effroi tout ce peuple immobile

Qui, séparé du tems qu'on ne peut ressaisir,

Dans un triste repos traverse l'avenir.

Un enfant, près de lui, sur la froide poussière

Imprime de ses pas une trace légère ;

Et, foulant ses aïeux que la mort a surpris,

Caresse en se jouant leurs antiques débris.

Mais un son qui frémit sous la voûte muette,

Par l'écho souterrain lentement se répète ;

Du concert de la mort c'est l'hymen solennel,

Et du Dieu des mourans on découvre l'autel.

Ces pilastres, ces murs, dépouilles funéraires,

Sous les tremblans parvis ces vastes reliquaires,

Ces corps par notre culte à la mort consacrés,

Que la terre a vomis de ses flancs déchirés,

Cette croix qui décore une insensible pierre,

Ces mortels recueillis, cette longue prière,

Et du temple divin la sombre majesté,

Tout, aux portes du tems, montre l'éternité.

C'est là qu'un saint vieillard, qu'affermit sa doctrine,

Vers la mort qu'il attend pieusement s'incline ;

Sur les flots de la vie, austère voyageur,

C'est au céleste port qu'il dirige son cœur.

L'espérance et l'amour ont dissipé sa crainte,

L'ardente charité sur son front est empreinte,

C'est l'Ange des tombeaux : sa tranquille ferveur

Montre le Ciel au juste, et la Croix au pécheur.

De l'homme qui n'est plus interrogeant la cendre,

Aux faiblesses du cœur il daigne condescendre.

Ces regrets, ces soupirs, ces inutiles pleurs,

Attestant de la mort les récentes douleurs,

Le rapide moment qui renferme la vie,

Le tems mystérieux dont sa perte est suivie,

Ce coup toujours prochain et toujours imprévu,

Ce premier jugement où l'ame a comparu,

Tant d'espoir de salut et tant d'incertitude

Ont troublé de son cœur la sainte quiétude :

Méditant de la mort les rigoureux décrets,

Il voudrait sur lui seul en épuiser les traits.

Et lorsque du trépas cette fatale image

Intimide le juste, épouvante le sage,

Que les mortels unis d'une chaste amitié,

Expirent doublement dans une autre moitié,

Pour fermer par la Foi des blessures trop vives,

Il montre du Jourdain les gémissantes rives ;

L'Apôtre bien-aimé, pleurant dans le saint lieu

Son maître, son ami, son Sauveur et son Dieu.

Il redit les douleurs d'une céleste mère :

Immobile, elle pleure au sommet du Calvaire,

Lorsque l'astre du jour, éteignant son flambeau,

N'osait du Dieu vivant éclairer le tombeau.

Ranimant du chrétien la force qui chancelle,

Il promet au malheur une palme immortelle ;

Le secret des douleurs est enfin révélé :

Heureux celui qui pleure, il sera consolé !....

Sa tête s'est penchée et sa voix s'est éteinte :

Son ame de la vie à peine sent l'atteinte :

Se contemplant lui-même à son dernier moment,

Il nous peint de la mort le doux enchantement,

L'ineffable sommeil où l'ame recueillie,

Se repose du monde et pour jamais l'oublie,

Et, par un saint réveil à la félicité,

Accomplit dans le ciel son immortalité.

La vierge, en l'écoutant, pleure et cesse de craindre ;

L'homme bénit sa peine et n'ose plus s'en plaindre ;

L'enfant même, poussé par un instinct pieux,

Étend ses faibles bras vers le prêtre et les cieux.

Mais tous ont lentement regagné la lumière ;

Bientôt ils reviendront sous l'humide carrière,

De leurs jours, condamnés à de nombreux travaux,

Au sein de l'Éternel déposer tous les maux.

LE

CONVOI DU PAUVRE.

O mors, bonum est judicium tuum
homini indigenti.
ECCLESIAST., *cap. LXI.*

La pompe, qui du riche annonce l'opulence,

Ne saurait de la mort cacher la nudité ;

Mais quel pieux respect impose son silence,

Lorsqu'elle m'apparaît dans son humilité !

Ce paisible convoi, qui sans faste s'avance,

Révèle du malheur la sainte obscurité ;

Et le Seigneur ici, par sa seule présence,

Rétablit les chrétiens dans leur égalité.

Ce pauvre a succombé sous la longue torture,

Sous le cruel effort d'un travail journalier ;

Sans relâche on le vit tourmenter la nature,

Sans retrouver le soir un toit hospitalier.

Son salaire a réglé sa faible nourriture :

Souvent il a manqué de force et non de cœur ;

Et sa bouche pieuse ignora le murmure.

Ah ! qu'il dorme aujourd'hui dans la paix du Seigneur !

Qui dirait les rigueurs d'une même abstinence

Dont il a déguisé les secrètes douleurs,

Lorsque, pour soutenir sa chétive existence,

Il rompt le pain durci qu'avaient mouillé ses pleurs ?

Il n'a point d'un bienfait réclamé l'assistance,

Et du riche distrait mendié la faveur ;

Pour achever du temps la triste pénitence,

Il n'implora jamais que les soins du Seigneur.

L'espérance soutint sa foi pure et naïve :

En portant un fardeau que Dieu même a porté,

Il disait au Seigneur : « Que votre règne arrive,

« Que mon cœur soit soumis à votre volonté. »

Sans doute que la mort lui parut trop tardive ;

Qu'il la vit approcher sans trouble, sans frayeur ;

Qu'il dut à son malheur une ferveur plus vive,

Et s'endormit en paix dans le sein du Seigneur.

Il vient de terminer sa pénible carrière

Et le Seigneur encor fut son unique ami.

Un ministre de paix a fermé sa paupière,

Et pleure sur la paille où ce pauvre a gémi.

Lui seul vient le conduire à sa place dernière,

Et d'un hymne pieux honore son malheur :

Et lui seul en passant bénira la poussière

De ce chrétien qui dort dans la paix du Seigneur.

LA LOI DIVINE.

Finis autem præcepti est charitas de
corde puro, et conscientia bona et fide
non ficta.

S. Páuli ad Timot., c. *I*.

LA loi, fille du ciel et reine de la terre,

Unit d'un nœud sacré l'homme et la vérité.

Elle imprime à notre ame un pieux caractère

Et nourrit des Vertus la douce Trinité.

C'est la voix du Seigneur, c'est sa parole écrite,

C'est l'Esprit éternel au tems manifesté,

Qui soumet la nature à la règle prescrite,

Et s'oppose en secret à sa fragilité.

Sa sainte résistance, à l'homme salutaire,

Tient sous des fers divins notre esprit attaché :

Son sublime compas marque la ligne austère,

Où le désir s'arrête, en face du péché.

Dans la lutte d'un jour où l'enfer nous défie,

Et ce grand lendemain de l'immortalité,

C'est elle qui nous juge, et la Foi justifie ;

Elle embrasse le tems comme l'éternité.

LA CRÉATION
DE LA FEMME.

Sole partner, and sole part, of all these joys,
Dearer thyself than all; needs must the power
That made us, and for us this ample vorld,
Be infinitely good, and of his good
As liberal and free as infinite.
Parad. Lost., B. IV.

Quand le Dieu, que révèle un éternel génie,

Eut ordonné des cieux la brillante harmonie,

Des êtres gradués limité le destin,

Créé le mouvement, et la vie et l'instinct,

Il fit couler du tems le fleuve sans rivage,

Et par l'homme, il voulut couronner son ouvrage.

Déjà l'univers flotte et lève un front serein,

Mais son trône encor vide attend un souverain.

De ce monde naissant consacrant la matière,

Dieu fit l'homme : il parut dans sa grâce première.

Le Seigneur, à l'aspect de ce chef des humains,

Applaudit à l'ouvrage échappé de ses mains.

Par un souffle divin il anima son être ;

Il le fit de son sort et l'esclave et le maître,

Imprima sur son front sa douce majesté,

Et dévoua sa vie à l'immortalité.

Mais l'homme se trouvait étranger sur la terre :

Il se crut moins heureux tant qu'il fut solitaire,

Il fut importuné d'un tranquille loisir.

Dieu voulut l'exaucer dans son premier désir :

Adam s'endort; bientôt un songe lui présente

D'un objet merveilleux la forme ravissante.

Tandis que sans douleur son flanc se déchirait,

La nature sourit et la femme apparaît.

Du rayon le plus doux de l'éternelle flamme

Dieu fit au même instant étinceler son ame;

Et la femme, du ciel complaisante faveur,

Ouvrit alors des yeux où brillait la ferveur.

Son ame dans la vie est à peine élancée,

Qu'elle élève vers Dieu sa première pensée.

Qui peindrait dans sa fleur ce pieux sentiment,

D'une ame neuve encor sublime épanchement?

Cet amour, dégagé d'espérance et de crainte,

Qui conserve du ciel une si vive empreinte?

Ce premier battement, ces prémices d'un cœur

Qui semble s'éveiller à la voix du Seigneur?

Et son émotion, quand des flots de lumière

Viennent, sans la blesser, inonder sa paupière?

Quand, parfumant les airs, d'harmonieux esprits

Font sous ses premiers pas éclore un paradis?

Lorsque l'Ange, qui doit en soigner la culture,

Lui cueille de l'Éden la douce nourriture,

Et que son Créateur, en lui dictant sa loi,

Lui donne l'univers et réveille son roi?

Femme, dont la foi pure atteste l'origine,

Recèle de la grâce une source divine;

Le saint fruit de la mort que ta bouche a goûté

Nous échange le tems contre l'éternité.

Le Seigneur magnifique accomplit sa promesse:

Et bénit de ton sein l'ineffable richesse.

Dépeuple les enfers par ta fécondité,

Sois mère des humains dans ta virginité.

Si ta main des mortels a semé les alarmes,

Vase d'élection, tu sécheras nos larmes.

Tu dois, par un destin fatal et glorieux,

Perdre le Paradis, et conquérir les cieux.

L'ASSOMPTION.

Cunctis cœlestibus celsior una
Solo facta minor, virgo, tonante.
Assomp. Carmen.

ONTEMPLEZ cette femme au sublime regard,

Qui plane vers Sion et bénit ce rempart !

Son pied sur les enfers signale sa victoire :

Son front a rayonné d'une éternelle gloire ;

Ce corps si pur échappe aux entraves du tems,

Comme un souffle léger qu'exhale un doux printems.

L'Archange, qui d'un Dieu lui porta le message,

Lui trace vers son fils un céleste passage ;

Il sème l'horizon des plus vives couleurs,

Jette au sein des éclairs des nuages de fleurs,

Ouvre de l'infini l'invisible barrière,

Et dans le vide en feu prolonge sa carrière ;

Son aile fait jaillir, par de saints mouvemens,

Sur d'antiques soleils de nouveaux firmamens.

Les Anges, descendus sur les brillantes plaines,

De couronnes de lis forment de longues chaînes,

Et ces divins esprits, dans l'espace arrêtés,

Semblent un océan d'innombrables clartés ;

Mais des astres sans fin le cours inaltérable

Révèle du Très-Haut le séjour ineffable ;

Et la blanche colombe, au vol mystérieux,

Fait pénétrer Marie à la droite des cieux.

Cette Vierge sans tache à la terre est ravie;

On la voit dépasser les portes de la vie :

Mais son ombre sacrée habite parmi nous,

Et rend la Foi plus vive et les regrets plus doux.

Souvent le nautonnier, dans l'horreur du naufrage,

A cru l'apercevoir dans le sein d'un nuage;

Il triomphe des flots, et vainqueur de la mort,

Pour célébrer Marie il rentre dans le port.

Le captif, qui le soir lentement se promène,

Croit la voir près de lui qui soulève sa chaîne,

Et, lorsqu'il a touché le foyer paternel,

Pour encenser Marie il élève un autel.

Comme un saint talisman on porte son image ;

On fait en son honneur un doux pélerinage.

On croit que son nom seul peut sécher tous les pleurs,

Que même son tombeau n'enferma que des fleurs.

Le guerrier qui l'invoque au fort de la bataille

La retrouve en passant sous la vieille muraille :

La femme, dont la guerre a moissonné l'espoir,

Lui demande son fils et pense le revoir.

Cette Vierge à ses pleurs semble s'être attendrie ;

Son ame croit entendre un soupir de Marie :

Elle écoute gémir une touchante voix,

Et sa douleur se tait à l'aspect de la Croix.

Sous la roche isolée, au pieux ermitage,

Sur la fontaine obscure et sous l'épais feuillage,

Partout où le chrétien a dirigé ses pas,

Dans l'éclat de la vie, à l'ombre du trépas,

De la miséricorde elle est toujours l'emblème :

C'est d'elle qu'on attend une grâce suprême.

Dès que l'aube au matin décèle son retour,

Que des feux plus ardens ont partagé le jour,

Quand la nuit va fermer le sombre monastère,

On entend retentir la cloche solitaire,

Et le son répété sur mille points divers

Pour saluer Marie avertit l'univers.

CAIN ET LUCIFER.

These two are brethren. . . . . .
. . . . . . th' injust the just hath slain,
For envy that is brother's offering found
From heav'n acceptance.

PARADISE LOST, *B. VIII.*

Sur la montagne vierge et couverte de fleurs,

Dont un jeune soleil émaille les couleurs,

Un mortel s'est montré comme un triste présage,

Et la terre à regret a marqué son passage.

Ces légers habitans de la douce vapeur

Que parfumait encor le souffle du Seigneur

Des airs adolescens abandonnent l'espace.

L'espoir de la nature à son aspect s'efface ;

Solitaire du monde, et cherchant un appui,

Caïn, sombre et pensif, dévore son ennui.

Son œil du Créateur examine l'ouvrage,

Et son cœur se remplit d'une invincible rage ;

Son pied retentissant semble presser l'enfer,

Trois fois son ame impie invoque Lucifer.

L'esprit qui des démons conduit toujours l'armée

Abaisse sur sa tête une nue enflammée ;

Sous l'éclat effacé d'un messager des Cieux

Le formidable Archange apparaît à ses yeux.

Caïn sent à sa vue une secrète joie,

Sa haine déguisée aussitôt se déploie ;

Il admire l'Archange, espère son secours,

Et croit à ses destins ouvrir un nouveau cours.

Il aime à contempler cette grandeur farouche,

La perfide ironie éclose sur sa bouche,

Le sympathique feu de ses perçans regards,

Et les pâles rayons sur ses ailes épars.

« Esprit compatissant qui visites l'enceinte

« Où long-tems j'exhalai mon inutile plainte,

« Apprends-moi, lui dit-il, comment on peut lutter

« Contre un Dieu que je fuis et ne peux éviter ?

« Déshérité du Ciel que j'envie et j'abhorre,

« Je déteste le jour qu'il faudra perdre encore,

« Et ne puis supporter l'avilissant fardeau

« D'ensemencer la terre où sera mon tombeau.

« Quelque chose de grand me tourmente et m'anime,

« Et des fautes d'autrui misérable victime,

« Mon regard, sur l'Éden trop souvent arrêté,

« Lui redemande encor son immortalité.

« Mon œil cherche toujours ce fruit dont la science

« M'a donné de la mort l'austère prévoyance,

« Et qui, sur mon destin m'éclairant à demi,

« Fait de mon propre cœur mon plus grand ennemi.

« Par d'immenses désirs absent de la nature,

« La vie est à mes yeux une amère imposture;

« Fuyant l'étroit plaisir d'un indigne séjour,

« Je repousse le sein qui m'a donné le jour;

« Et quand je vois le Dieu, que ma bouche blasphême,

« Ceindre du firmament le brillant diadême,

« Comparant ma bassesse avec sa majesté,

« Mon destin si fragile et son éternité,

« Son bonheur glorieux et mon humble existence,

« Sa bonté fugitive et ma longue souffrance,

« Mon cœur, brisant le joug qu'il semble appesantir,

« Ne pouvant être à lui, voudrait l'anéantir.

« Alors, contre lui-même irritant mon courage,

« Je provoque la foudre et j'invoque l'orage.

« J'aime à voir se briser les célestes lambris,

« A fouler à mes pieds d'innombrables débris ;

« J'aime de l'ouragan la fureur éclatante,

« J'aime à fendre les eaux sur la vague écumante,

« Ou bien, m'abandonnant à des flots turbulens,

« A suivre dans leur cours de rapides torrens :

« Et sitôt que des cieux la lumière sommeille,

« Seul avec ma douleur, qui dans l'ombre s'éveille,

14.

« J'aime dans le désert, sous la profonde nuit,

« A disputer au tigre un horrible réduit.

« Mais quelquefois aussi, rêvant ma délivrance,

« Je cherche dans mon cœur une frêle espérance,

« Et je vois, comme un songe à mes yeux présenté,

« Dans un vague lointain quelque félicité.

« Mais ce bonheur sans forme, et qu'on ne peut dépeindre,

« Devant moi paraît fuir, et je ne puis l'atteindre.

« Mon cœur désabusé, qui crut l'apercevoir,

« Rentré dans son malheur, sent mieux le désespoir.

« Un jour, par un caprice étrange, inexplicable,

« J'allai sacrifier à ce maître implacable;

« Et, tandis que d'Abel il savoure l'encens,

« Un tourbillon de flamme écarte mes présens.

« Depuis ce jour affreux j'ai cessé de rien craindre ;

« Troublé d'un noir transport que je ne puis contraindr'

« Abel comme un fardeau pèse au fond de mon cœur;

« Je le hais encor plus qu'il n'aime le Seigneur.

« Je voudrais quand je vois les Anges lui sourire,

« Empoisonner les airs que leur Abel respire,

« Et son œil, qui du ciel retrace la couleur,

« En s'arrêtant sur moi redouble mon malheur.

« Lorsqu'à son Dieu cruel il va pour rendre grâce,

« Un désir inconnu me guide sur sa trace ;

« Je ne sais quel fantôme, en me glaçant d'effroi,

« Vient alors se placer entre mon frère et moi !

« Tu vois quel est le cœur du premier né de l'homme,

« Et l'exécrable effet d'une fatale pomme;

« Ah ! sans doute, aussitôt que son cœur fut tenté,

« Dans ses flancs malheureux m'a mère m'a porté.

« Mais défiant le ciel d'accroître mon supplice,

« Je cherche à mon courroux un illustre complice.

« Ennemi de ce Dieu, dont tu fus le rival,

« Si je renonce à lui, que je sois ton égal.

« Je veux, en partageant ta force et ta puissance,

« De l'être qui m'opprime examiner l'essence,

« Par un rapide essor me soumettre les airs,

« Habiter comme toi le séjour des éclairs,

« Pénétrer d'un regard l'abîme de l'espace,

« Et des nouveaux cieux mesurer la surface;

« Je veux enfin étendre ou borner mon destin;

« Je veux être Satan, ou bien rester Caïn. »

L'Archange astucieux, qui l'écoute et l'inspire,

Applaudit au mortel qui fonde son empire;

Il observe d'Adam l'orgueilleux héritier,

Qui semble à son pouvoir se livrer tout entier.

« Rejeton de la femme, enfant de la poussière,

« Qui voudrais t'égaler aux fils de la lumière,

« Ton audace me plaît ; j'ai nourri ta fierté,

« Les esprits du désert t'ont souvent visité.

« Au berceau, dans ton sein je plaçai mon image ;

« Mon regard attentif accueillit ton hommage ;

« Ton cœur sans le savoir m'élevait un autel,

« Et c'est ma volonté qui te rend immortel.

« Viens, transfuge du Ciel, viens partager ma gloire,

« De ton Dieu tyrannique efface la mémoire.

« Mes domaines sont grands, tu sauras les peupler,

« Pour marcher mon égal il faudra m'égaler.

« A mon culte orgueilleux initiant la terre,

« Accomplis de ton sort l'impérieux mystère :

« Viens : celui que j'adopte, abjurant la pitié,

« Ne peut être coupable et barbare à moitié.

« Trop long-tems des tombeaux la reine vagabonde,

« Incertaine, s'arrête aux limites du monde :

« Conquérante du tems, et conquise par toi,

« Viens l'introduire au jour et m'assurer ta foi ».

Il dit : et sur la terre il évoque le crime,

Sous les pas de Caïn il soulève l'abîme,

D'un inflexible bois lui-même arme sa main,

Et d'horribles serpens il peuple son chemin.

Sur un trône de deuil que la foudre environne

La mort se précipite, et l'enfer la couronne ;

Déjà le sang du juste a coulé sur l'autel,

Et la terre en tremblant couvre un premier mortel.

ABEL.

Et propter quid occidit eum? Quoniam
opera ejus maligna erant; fratris autem
ejus, justa.

S. JOANN., c. III.

Pour offrir au Seigneur de nouvelles prémices,

Abel a rassemblé ses timides brebis;

Le soir il conduisait l'agneau des sacrifices,

Et son troupeau passait tout près du Paradis.

Devant les fils du ciel le fils d'Adam s'incline ;

Il se mêle sans crainte à la troupe divine,

Et le premier pasteur, au sein des bienheureux,

Apparaît leur égal, sachant aimer comme eux.

Son cœur, qui d'aimer Dieu s'est fait une habitude,

Ne peut goûter sans lui nulle béatitude :

Et c'est Dieu qu'il respire au calice des fleurs,

C'est Dieu qu'il voit empreint dans leurs tendres couleurs ;

Sur ce fleuve d'azur il a vu son passage :

C'est lui qu'il voit flotter dans le sein d'un nuage,

C'est sa voix qu'il entend dans l'écho solennel ;

Partout il voit, il cherche, il touche l'Éternel.

Et lorsque l'univers, dans sa magnificence,

Entonne l'hymne saint de la reconnaissance ;

Quand l'abîme des eaux murmure sa grandeur,

Que les cieux à la terre annoncent sa splendeur,

Dans ce vaste concert d'amour et de louanges,

Abel mêle sa voix à la voix des Archanges.

Son cœur, dans un transport qu'il ne peut contenir,

Par chaque mouvement semble aimer et bénir.

Déjà du sacrifice il tresse la guirlande,

Et couronne l'agneau, mystérieuse offrande ;

Incliné sur l'autel, ce long recueillement

Est encor de l'amour un vif épanchement :

Son ame qui paraît s'isoler de la vie

Prépare de ses sens la douce léthargie.

Il semble qu'enchanté sous un divin sommeil,

La terre ne peut plus accomplir son réveil.

Caïn paraît!... la nuit tend ses ailes funèbres,

Et le juste, ignorant le crime et le malheur,

A passé sans effroi, plongé dans les ténèbres,

Du repos de la terre au repos du Seigneur.

LE

TOMBEAU D'ABEL.

———⚬———

Prima mors, primi parentes,
primus luctus.

Dans ce tendre univers si riant et si beau,

Où partout de la vie éclate le flambeau,

Dont le sein resplendit de fraîcheur, de jeunesse,

Où la nature étale une douce richesse ;

15.

Si près de son berceau, quel précoce cercueil

A marqué sur des fleurs la naissance du deuil?

Serait-ce un criminel dormant sur la poussière?

Non, souvent la vertu succombe la première.

Le tems comme un trésor au juste est présenté,

De ses jours tout remplis chaque instant est compté;

Tandis que du pécheur ajournant la sentence,

Dieu permet que du tems vienne la pénitence.

Ce pasteur angélique, au bonheur arraché,

Comme un fruit déjà mûr du monde détaché,

Que la nuit environne et que la terre presse,

N'avait jamais connu qu'une sainte tendresse.

Ignoré de l'enfer, et du ciel aperçu,

Son souffle sortit pur, comme il l'avait reçu.

Son destin fut celui de la fleur passagère :

Il traversa le tems d'une course légère.

Près du premier tombeau qui renferme un mortel,

Un homme est appuyé des débris d'un autel.

Quel maintien imposant, quelle noble attitude !

Ce front qui semble fait pour la béatitude,

Incliné sous la cendre, est plein de majesté.

Qu'il paraît grand encor dans son humilité !

Dans son cœur déchiré quelle vaste blessure !

Quel immense linceul son repentir mesure,

Lorsqu'au sein de la mort, recueillant ses esprits,

Il voit son bras fatal abattre tous ses fils ;

Quand son œil, qui pénètre à travers tous les âges,

Suit des mânes futurs les vivantes images,

En pleurant des mortels le fugitif essaim

Dont il est à la fois le père et l'assassin !

Mais son ame pieuse accepte la souffrance :

Sa volonté soumise accueille l'espérance,

Et son mâle courage oppose dans son cœur

Une vertu sublime à l'excès du malheur.

Une peine plus tendre émeut encor mon ame,

Et mon regard frémit en voyant cette femme :

Sa douleur immobile, et qu'on n'ose troubler,

Nous dit qu'il est des maux qu'on ne peut consoler ;

Cette bouche où se glace une faible prière,

Le sombre mouvement de sa lente paupière,

Cet œil si doux encor, où la mort a passé,

Sur un funèbre point obstinément fixé ;

Ce cœur qui, soulevant sa tristesse profonde,

Paraît y renfermer tous les regrets du monde ;

Sous le poids de son deuil cet esprit abattu

Qui succombe au malheur sans l'avoir combattu ;

Une main qui toujours, sur la terre penchée,

Veut détacher une ombre au cercueil attachée ;

Son ame suspendue écoutant le trépas,

Qui distingue un soupir, croit entendre des pas ;

Triste erreur de ses sens, illusion amère :

Tout dans cette douleur me révèle une mère !

Le jour franchit trois fois les limites des cieux,

La nuit lance trois fois son char mystérieux,

Depuis que le chagrin, sonnant une même heure,

Lui fait de ce tombeau son unique demeure :

Son cœur est étranger même à son désespoir,

Elle souffre, gémit, pleure sans le savoir.

Vous, dont l'ame reçut une atteinte suprême,

Compagnes de son sort, vous qui souffrez de même,

Pleurez de cette femme assise à ce tombeau

Le malheur plus aigu quand il fut plus nouveau.

Si sa main de la vie éteignit la lumière,

Ève dans la douleur vient d'entrer la première,

Et le ciel ne put voir, sans en être touché,

Le remords le plus grand qu'ait produit le péché.

Ah ! si le pâle jour de la mélancolie

Des fers du désespoir doucement la délie,

Ou la verra toujours méditer ses regrets,

Traverser à pas lents l'épaisseur des forêts ;

Dans la même douleur, calme et silencieuse,

Poursuivre de son fils une trace pieuse,

Couronner de cyprès ses timides agneaux,

Aux lieux accoutumés conduire ses troupeaux ;

Dans la fleur qu'il aimait retrouver quelque charme,

L'arroser en passant d'une furtive larme ;

Chercher toujours son ombre aux lisières des bois,

Et dans la voix d'un Ange entendre encor sa voix.

LE
RÉDEMPTEUR.

Pro omnibus mortuus est Christus :
ut, et qui vivunt, jam non sibi vivant,
sed ei qui pro ipsis mortuus est et re-
surrexit.

II. Ad. Corinth., *c. V.*

Quand l'heure, dont le Juste attend sa délivrance,

Vient surprendre un chrétien esclave de l'erreur,

Son ame sans appui, d'où s'enfuit l'espérance,

Se remplit de terreur.

16

D'inflexibles remords augmentent ses alarmes,

Son esprit incertain flotte au gré des douleurs;

Et son œil, où déjà se glacent quelques larmes,

N'a point vu d'autres pleurs.

Il cherche en vain celui dont la voix prophétique

Des liens du péché peut dégager la mort :

Privé de l'huile sainte et d'un doux viatique,

Il termine son sort.

Mais la Grâce, qui veille une ame délaissée,

Plane sur ce chrétien que l'enfer va saisir,

Et lui révèle un Dieu qui, sondant la pensée,

Tient compte d'un désir.

Le Sauveur apparaît à sa faible paupière,

Sous le nuage épais qui vient l'appesantir :

Il lui remet son ame, et sa courte prière

Consomme un repentir.

Ame que Jésus-Christ guide vers l'autre monde,

Suis la route sacrée ouverte pour la Foi !

Va, que ton Rédempteur à ton juge réponde !

Il a déjà payé pour toi !

Au tribunal des cieux, quand tu dois comparaître

Sous le long vêtement de ta fragilité,

Héritière de Dieu, ton ame va renaître

Pour l'immortalité.

Si l'Ange accusateur, de sa main solennelle,

Vient peser ton offense aux pieds du Roi des rois,

Légère de vertus, la balance éternelle

S'incline sous la Croix.

LA

SCIENCE DE L'HOMME.

Væ qui sapientes estis, in oculis vestris
et eorum vobismet ipsis prudentes.

Is., c. *V.*

RGILE d'un moment, sublime créature,

Homme fragile et fort dans ta double nature,

Être mystérieux par Dieu seul défini,

Ton active pensée aborde l'infini.

16.

Ardent pour conquérir, difficile à soumettre,

Tu sondes les décrets que réserve ton maître ;

Mais le ciel les dérobe à ton œil imparfait :

Dieu seul qui fit la cause en mesure l'effet.

Ton esprit voyageur, dans sa sphère suprême,

Prétend tout expliquer et s'ignore lui-même :

Le doute est son savoir, l'erreur est sa clarté ;

L'orgueil a-t-il jamais conquis la vérité ?

est quelque secret que tu puisses connaître,

l'instant où tu fus, quand tu dois disparaître ;

Comment l'ame, du tems traversant le chemin,

Peut unir la matière à son souffle divin ?

Dis comment la pensée au cœur se fait entendre ;

Comment l'homme connaît ce qu'il ne peut comprendre ;

Comment l'ame du bien dicte en secret la loi,

Et quel organe saint transmet Dieu jusqu'à toi ?

Dis comment de la Grâce on reçoit l'assistance ;

Comment l'homme, incertain de sa courte existence,

Peut, céleste aspirant de l'immortalité,

En ignorant son sort, prévoir l'éternité ?

Si tu ne peux répondre, abjure ta science ;

Fais de l'humilité la douce expérience.

Heureux le cœur plus simple, éclairé par la Foi,

Qui par la charité sait accomplir la loi !

Ce n'est qu'à la vertu que l'homme peut s'instruire;

C'est le trésor caché que rien ne peut détruire :

Passager d'un seul jour, aux rives du destin,

Recueille, pour le soir, les œuvres du matin!

L'AVENIR.

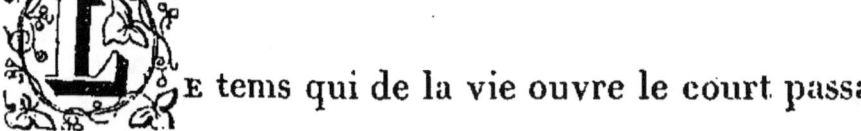

Quid est quod fuit? ipsum quod futurum est; quid est quod factum est? ipsum quod faciendum est.

Non est priorum memoria : sed nec eorum quidem quæ postea futura sunt erit recordatio apud eos qui futuri sunt in novissimo.

ECCLESIASTES, c. I.

Le tems qui de la vie ouvre le court passage,

Porte aussi de la mort le rapide message :

On dirait qu'abordant toujours l'éternité,

Il marque un premier pas vers l'immortalité.

Quand il fuit sans retour, qu'il naît pour disparaître,

Fragile possesseur d'un seul moment, peut-être,

L'homme si fugitif jusque dans ses douleurs,

Invoque l'avenir, pour sécher quelques pleurs.

Marquant par un regret une trace effacée,

Il s'élance en avant d'une même pensée ;

En sondant son destin, il prétend l'agrandir :

Malheureux le mortel qui veut l'approfondir !

Laissons à l'avenir sa pieuse chimère,

Son trouble passager, son chagrin éphémère :

Que contient-il, hélas ! qui puisse nous tenter ?

De son breuvage amer pourquoi vouloir goûter ?

Mais toujours du bonheur cherchant un doux présage,

L'homme veut le saisir sitôt qu'il l'envisage ;

Et, toujours du présent éprouvant quelque ennui,

Il dévore le tems qui l'entraîne après lui.

Pour éluder la loi qui régit la nature,

Il ose d'un mortel évoquer l'imposture :

O crédule faiblesse ! ô mystère du cœur !

Cet homme qui croit tout a douté du Seigneur.

Pour un art clandestin, quand son esprit s'enflamme,

Des saintes vérités il détourne son ame ;

Et, désintéressé de son propre salut,

En mesurant la vie, il s'écarte du but.

Son cœur, que vers le ciel la Foi n'a pu conduire,

Même dans un malheur se plaît à s'introduire ;

Et son regard distrait du moment obtenu,

Veut percer le nuage où plane l'inconnu ;

Inutiles désirs d'une poudre orgueilleuse !

Qui peut prévoir du tems la marche périlleuse ?

Le ciel, d'un voile saint, recouvre tous les maux,

Et dans notre ignorance a mis notre repos.

JUDITH.

Èt in me ancillâ suâ adimplevit mise‑
ricordiam suam ; et interfecit in manu
meâ hostem populi sui.

JUDITH, c. XIII.

« J'espérais au Seigneur, je méditais sa loi ;

« Un Ange du Très-Haut est descendu vers moi ;

« Il m'a dit : Lève-toi, le Seigneur te réclame ;

« L'étranger doit périr de la main d'une femme.

17

« J'ai suivi sans frayeur le messager des cieux,

« J'ai marché dans la nuit, au flambeau de ses yeux.

« Ce fer frappe l'impie ; et moi, faible servante,

« J'ai semé dans son camp l'horreur et l'épouvante.

« Sous le souffle de Dieu tout s'est évanoui ;

« Le conquérant n'est plus, et le vainqueur a fui.

« L'Ange exterminateur le poursuit de sa lance,

« Et sur l'aile des vents je le vois qui s'élance. »

Ainsi parle Judith aux femmes de Juda,

Aux guerriers accourus des plaines de Maspha.

Tout le peuple sacré vient célébrer sa gloire,

Et proclame son Dieu le Dieu de la victoire.

Grande dans Israël, humble dans le Seigneur,

Judith d'un vain triomphe a rejeté l'honneur :

Elle fuit, et soumise à son veuvage austère,

Elle cache sa vie, et s'abstient de la terre.

Dieu seul prête la force et fonde la vertu :

Si l'homme a triomphé, lui seul a combattu.

Mortels ! abaissez-vous, le Seigneur vous l'ordonne ;

Laissez la gloire au ciel, si le ciel vous la donne.

LA

FILLE DE JEPHTÉ.

Pater mì, si aperuisti os tuum ad
Dominum, fac mihi quodcumque pol-
licitus es, concessa tibi ultione atque
victoria de hostibus tuis.

JUDICUM, c. *XI.*

Dans les bois d'Israël, religieuse enceinte,

Près du jeune palmier que ses mains ont planté,

Une vierge, exhalant une timide plainte,

17.

Fixe des yeux en pleurs sur le camp de Jephté.

Elle a quinze ans : la vie est un riant mystère

Que son cœur enchanté cherchait à découvrir.

Pourquoi pleurer le tems, ô fille de la terre ?

      Un jour plus tard il faut mourir.

Déjà de pâles fleurs sa compagne chérie

A couronné ce front au Seigneur consacré.

Sa naïve douleur, à la vierge attendrie ,

Révèle que l'autel est déjà préparé.

Elle frémit !... la mort doit lui paraître austère ;

Un jour sans lendemain pour elle vient s'ouvrir ;

Tu déplores ta vie, ô fille de la terre !

      Quand Dieu l'ordonne, il faut mourir.

Bientôt un léger bruit circule dans la plaine ;

De ce délai si court les jours sont écoulés ;

La vierge, qui retient une tremblante haleine,

Élève vers le ciel ses regards désolés.

Cet hymne de la mort, ce guerrier solitaire

Qui, d'un casque funèbre a voulu se couvrir,

Tout semble t'avertir, ô fille de la terre,

     Qu'aujourd'hui même il faut mourir.

Elle adresse au Seigneur sa fervente prière,

Et Dieu se communique à son cœur abattu.

Son pied, du saint autel a franchi la barrière,

Lorsque l'esprit divin assure sa vertu.

De son pieux courage on vit trembler son père,

Quand la victime pure à son Dieu vint s'offrir.

Invoquez le Seigneur, ô filles de la terre !

Lui seul apprend à bien mourir.

L'EUCHARISTIE.

Unus panis, unum corpus, multi
sumus omnes qui de uno pane partici-
pamus.

Is., c. II.

 Verbe, fils de Dieu, dont la grâce féconde

Engendre une autre vie et rachète le monde,

Ton céleste présent, que la terre a béni,

Dévoile à nos regards ton amour infini.

Tu nous léguas ton corps par un serment suprême,

Jurant la vérité, tu juras par toi-même;

Ta main a consacré ce pain délicieux,

Et dans l'Eucharistie a renfermé les cieux.

Ton pouvoir sur l'autel a voulu se transmettre;

Ici le Dieu fléchit et l'homme parle en maître.

Un prêtre, émule saint de la Divinité,

Eternise le don que nous fit ta bonté.

O trésor de la Foi! merveilleuse puissance!

Un mortel a conquis ta précieuse essence :

Déjà le pur froment, le vin mystérieux

N'offrent qu'un corps divin et qu'un sang glorieux.

L'Église a préparé son banquet magnifique ;

Le juste s'est assis à la table angélique ;

Le Pontife du Ciel ouvre l'étroit chemin ,

Et cette blanche hostie a brillé dans sa main.

Viens, chrétien pénitent, qu'un vif espoir t'enflamme ;

Reçois le corps sacré qui doit garder ton ame ;

Goûte un fruit enchanté que cueille la ferveur ;

Bois dans la coupe sainte où jaillit le Sauveur.

Mais l'homme du Seigneur a senti la présence ;

Son ame est retournée aux jours de l'innocence ;

Elle s'est embrasée à cet amour sans fin ,

Et paraît tressaillir sous l'ineffable pain.

Le sort des bienheureux au Juste se révèle,

Il sent d'un cœur sans tache une vertu nouvelle ;

Et semble, vers le ciel doucement emporté,

Échappé du néant, saisir l'éternité.

LE

CERCUEIL DU JUSTE.

⸺⸺⸺

Memoria justi cum laudibus : et nomen
impiorum putrescet.

PROV., c. X.

MPIE , éloigne-toi du sanctuaire auguste

Où la religion proscrit de vains regrets ;

Ne viens pas profaner la demeure du Juste

De tes pas indiscrets.

18

J'aborde avec respect une illustre poussière,

Ce corps fut visité du corps de Jésus-Christ;

Sur cette bouche, où vient d'expirer la prière,

Le salut s'est écrit.

Échappant de l'exil, la céleste émigrée

A rompu de la vie un fragile ressort;

Et confie au Seigneur sa dépouille sacrée,

Conquête de la mort.

Le prêtre consolé verse l'onde mystique,

Pose la Croix divine où Dieu fut attaché;

Et semble repousser de son souffle angélique

Le souffle du péché.

Que j'aime à contempler la majesté tranquille

De ce juste en repos , sous l'abri du Seigneur !

On dirait que la mort est l'heureux domicile

Où reluit sa grandeur.

Un chant funèbre et doux pénètre cette enceinte ,

La Foi mélodieuse accompagne le deuil ,

L'Église a réclamé cette relique sainte

Que saisit le cercueil.

Le pauvre te bénit sur ton char funéraire ,

Toi , dont la bienfaisance enchantait sa douleur ,

Qui dans l'infortuné voyais toujours un frère ,

Et cherchais le malheur.

En vain de la pitié tu fis un long mystère,

Et, d'une double gloire aujourd'hui revêtu,

Tu reçois dans le ciel, et reçois sur la terre

Le prix de la vertu.

LE

JUGEMENT DERNIER.

DITHYRAMBE.

I.

 L'ASTRE du jour veut en vain élever

Sur l'horizon une clarté dernière ;

Il recommence en tremblant sa carrière

Qu'on ne verra point achever.

18.

L'étoile, de ses feux brillante avant-courrière,

Contrainte d'obéir à de nouvelles lois,

De cercle accoutumé franchissant la barrière,

S'égare dans les cieux pour la première fois.

Dans son cours incertain, la lune vagabonde

Semble chercher encor la terre qui la fuit,

Et rentre pour jamais dans l'éternelle nuit.

II.

Cependant les mortels, dans une paix profonde,

Se livraient aux douceurs d'un tranquille sommeil,

Et le ciel par pitié suspendait leur réveil :

La douce illusion qui berça leur jeunesse,

De son aile de rose un moment les caresse ;

D'un riant avenir espérant la faveur,

Pour la dernière fois ils rêvent le bonheur.

III.

Quel effroyable son a troublé cette joie !

La terre est ébranlée, et l'antique Chaos

A l'univers tremblant redemande sa proie ;

Du fatal jugement l'étendard se déploie,

Un ange, des mortels a troublé le repos.

Son cri terrible à tous les points du monde

Va retentir également,

Et par un long gémissement

La nature y répond, et la foudre qui gronde

Est le premier signal de son dernier moment.

IV.

Jusqu'au sein des enfers la trompette éclatante,

Fait pénétrer l'effroi sous sa voûte brûlante,

Accourus à ce bruit, des fantômes sanglans

Reviennent disputer l'univers aux vivans.

Ils viennent, des tombeaux soulevant la poussière,

Demander au trépas leur dépouille première.

Tout embrasés des feux dont ils sont poursuivis,

Leur sombre désespoir n'exhale point de cris ;

Ils savent que du ciel l'inflexible sentence,

Ne leur a plus permis d'implorer sa clémence.

Qui mourut dans le crime et dans l'inimitié

Doit être sans espoir, comme il fut sans pitié.

V.

Cependant des soleils on ne voit plus la trace;

Au milieu des débris, le monde épouvanté

    S'arrête, et dans l'immensité

    N'osera plus chercher l'espace :

    Du faible rayon qui s'efface

    Le souvenir seul est resté.

    Dernier espoir de la nature ,

    L'amour finit; plus de fécondité;

    Pleine d'effroi, la triste humanité

    N'attend plus de race future !

Mais lorsque tout s'éteint, même le sentiment,

De la tendresse, ô dernier mouvement!

Une mère, étrangère au monde qui s'écroule,

Sur son cœur palpitant presse encor dans la foule

Le tendre rejeton des dernières amours,

Et, pour lui, du destin veut prolonger le cours :

Enfant infortuné, dont la faible paupière

　　Vient de s'ouvrir sans trouver la lumière !

VI.

Vainement du Très-Haut s'allume la fureur,

Le juste sans remords est resté sans terreur.

Son ame, de vertus déjà toute remplie,

De ses liens mortels aisément se délie,

Et la Religion, culte mystérieux,

Quand la terre n'est plus, lui déroule les cieux.

De son divin nuage elle sort triomphante,

Se montre également terrible et consolante.

L'insensé, qui de Dieu méconnut les bienfaits,

Le reconnaît trop tard, et le perd pour jamais.

Il invoque la mort : elle plane immobile ;

Sa haine est sans pouvoir, et sa rage stérile.

Pour venger les humains qu'elle a privés du jour,

Sur la tombe du monde elle expire à son tour.

VII.

Bientôt de nouveaux cieux, dans leur magnificence,

Couronnent l'étendue, et le Seigneur s'avance.

Les fidèles enfans que l'Église a nourris,

Auprès de l'Éternel, ont reconnu son fils ;

Sur son front glorieux éclate la puissance :

Sa Croix, gage sacré d'amour et d'espérance,

Pénétrant l'infini d'une vive clarté,

Est le phare brillant de l'immortalité.

VIII.

Peindrai-je les transports dont notre ame est saisie,

Quand au bonheur de Dieu cette ame s'associe?

La Foi, qui jusqu'ici m'a prêté son flambeau,

Des saintes voluptés me cache le flambeau;

De ses divins secrets le Seigneur est avare.

Mais quel nouveau tourment aux enfers se prépare!

Par un souffle immortel ses feux sont ranimés,

Et tous les criminels pour jamais renfermés.

Le juste en est instruit par un fracas terrible.

A ce fatal arrêt le ciel même est sensible;

Le Sauveur s'en émeut, et son sang précieux

Semble couler encor pour désarmer les cieux;

Et Satan, qui frémit au fond de ses abîmes,

Une seconde fois, renferme ses victimes.

IX.

Le Chaos sur la terre avait tout envahi,

Mais le Tems reste encor, et lutte contre lui;

Repoussant son rival d'une main formidable,

Appuyé sur lui-même, il paraît immuable.

Mais ce Temps qui, toujours inflexible aux mortels,

Sur les temples détruits élevait ses autels,

Des siècles qu'il domptait, usurpateur avide,

Des peuples et des rois éternel homicide,

Au gouffre qu'il creusait est lui-même entraîné;

Sur l'abîme sans fin il s'arrête incliné,

En mesure l'espace, effrayé d'y descendre,

Résiste à ses décrets; et, forcé de se rendre,

Superbe dans sa chute et toujours indompté,

Commence en finissant l'auguste Éternité.

MÉDITATIONS.

PREMIÈRE MÉDITATION.

LA MORT.

> Oportet enim corruptibile hoc induere
> incorruptionem ; et mortale hoc induere
> immortalitatem.
>
> I. S. Pauli ad. Cor., c. *XV*.

YSTÉRIEUSE nuit, dont l'ombre solennelle

Peut seule révéler la lumière éternelle,

Ton éloquent silence explique ta grandeur ;

Combien ta vue est chère aux enfans du Seigneur !

Mon cœur s'est élancé vers ton repos suprême ;

Sous ton nuage pur j'ai rencontré Dieu même ;

Ce Dieu dont la grandeur, s'inclinant sous ta loi,

Pour te sanctifier descendit jusqu'à toi.

J'ai cru voir, couronné d'ineffables ténèbres,

Le Sauveur traverser tes demeures funèbres ;

Et de sa sainte main effaçant tes douleurs,

Consacrer la limite où s'arrêtent les pleurs.

O mort ! pieux abri contre de longs orages,

Dévoile du Seigneur les sublimes ouvrages !

Au juste qui languit dans ce monde insensé,

Ouvre l'heureux chemin où le Christ a passé.

Mais n'est-ce pas ta voix qui toujours me réclame,

Qui, par un mot divin, intelligible à l'ame,

M'a dit, quand je veillais sous ton pâle flambeau,

Le secret du bonheur qui commence au tombeau?

DEUXIÈME MÉDITATION.

LE CIMETIÈRE.

J'ai fui le bruit du char où roule la fortune,

Et les riches lambris dont l'aspect m'importune;

Je viens pour visiter mes frères au cercueil,

Et saisir l'espérance où soupire le deuil.

Je m'isole du jour, fallacieux optique

Qui montre du bonheur l'idole fantastique,

Où se dissout la gloire, éclatante vapeur,

Que le désir colore à son prisme trompeur.

L'illusion n'a point envahi la matière.

Ici la vérité m'apparaît tout entière ;

Et mon esprit, captif de la réalité,

Surnage loin du vide où naît la vanité.

Le monde ici n'est plus qu'une mouvante tombe,

Où la nature immole un immense hécatombe,

Où la vie, en passant, allume son flambeau,

Comme pour éclairer la pâleur du tombeau.

L'existence n'est plus que l'ombre du grand âge,

Notre ame, un trait vivant d'une céleste image,

L'homme, un léger débris de l'immortalité,

Atome... que le Tems jette à l'Éternité.

Ici rien n'est plus rien : tout a changé de face ;

Dans l'ombre du cercueil la mort même s'efface ;

Et le marbre, chargé de fastes superflus,

En disant ce qui fut, prouve ce qui n'est plus.

Mais dans ce calme pur, où l'esprit solitaire

Des ruines de l'homme envisage la terre,

Je vois l'auguste fil qui joint un même sort,

De l'une à l'autre vie, au saint nœud de la mort.

De la religion tout affermit l'empire ;

Sa puissance s'étend où notre vie expire ;

Et la croix, qui couronne un mystique sommeil,

Assure pour la foi les palmes du réveil.

Faibles mortels, ici tarissez vos alarmes ;

Chrétiens, n'y versez pas d'inépuisables larmes.

La mort est le moyen, et le terme, et le but ;

C'est le grand complément de l'œuvre du salut !

TROISIÈME MÉDITATION.

LE MENDIANT.

Du Riche, dont la Mort a dévoré la joie,

L'orgueilleux mausolée en pompe se déploie :

Un homme, des honneurs déposant le fardeau,

Veut encor de sa gloire avertir le tombeau.

Mais en vain il prétend, dans sa superbe envie,

Importuner la mort du faste de la vie :

Le luxe habite en vain ces bords silencieux,

Car ici le plus pauvre est plus voisin des cieux.

Toi, qui souffris la faim auprès de l'abondance,

Et qui, toujours errant, cherchais la Providence ;

Qui du grossier tissu de l'homme rejeté

Recouvris faiblement ta pâle nudité,

Dérobe encore ici, sous une ombre profonde,

Ta misère inconnue aux misères du monde ;

Dans un coin solitaire, et du riche écarté,

Conserve ton repos, loin de sa vanité.

La nature distraite affligea ton enfance,

Orphelin délaissé dans ton adolescence,

Il fallut mendier, mais au nom du Seigneur ;

L'homme pauvre n'est rien pour l'homme du bonheur.

Et, le soir, si tu viens pour tenter l'opulence,

Incliner ton espoir dans un humble silence,

Étonné d'un soupir qu'il n'entend qu'à moitié,

Le riche, en t'évitant, échappe à la pitié.

La nuit, lorsqu'il étend sur l'indolente plume

Ses membres délicats que le repos consume,

Sous le toit fléchissant, aux vents abandonné,

Tu rêves le secours... qu'il ne t'a point donné.

Du moins si tu pouvais, abordant sa demeure,

De la joie un seul jour entendre sonner l'heure,

Et convive ignoré d'un somptueux festin,

De prodigues débris enrichir ton destin !

Non, ton regard l'obsède : et, quand l'acier mobile

Ferme de sa fortune un surcroît inutile,

Imprévoyant du sort, tu vas tendre la main,

Et laisser le Seigneur pourvoir au lendemain.

Mais jamais on n'oublie, au seuil de la chaumière,

Le pain que le malheur accorde à la prière ;

Souvent la pauvreté d'un bienfait te surprend,

Négligeant son besoin pour un besoin plus grand.

Quand le trépas survient, et trop lent pour ta peine,

Tu rampes vers la fosse où se brise ta chaîne :

Un pauvre comme toi, que le Seigneur conduit,

S'assied à tes côtés durant la sainte nuit.

Une croix, seul trésor que possède ton frère,

Le ciel, unique abri du gazon funéraire,

Ont recueilli ton sang ; et ton dernier lambeau

Enveloppe ton corps qui descend au tombeau.

La pauvreté te suit encor dans la poussière,

La charité fournit ton indigente pierre ;

Le même dénûment accompagne ton deuil :

Tu n'avais pas d'asile, et n'as pas un cercueil.

20.

Infortuné ! la mort fut ta première fête ;

La tombe hospitalière ici couvre ta tête :

Possesseur du terrain que le ciel a béni,

Tu n'attends rien de l'homme, et ton sort est fini !

QUATRIÈME MÉDITATION.

L'ENFANT.

Pour rejeter la vie et son inquiétude,

Je parcours de la mort la vaste solitude ;

Et j'aime à savourer l'oubli de tous les maux,

Au seul lieu sur la terre où s'assied le repos.

Je crois ici du ciel trouver quelque message ;

De l'esprit du Seigneur je sens le doux passage :

Son souffle, qui descend où le juste n'est plus,

Veille et bénit toujours la cendre des élus.

Il semble dans ces lieux que l'ame qui sommeille

Rève d'un jour nouveau la brillante merveille ;

Que son regard, qui tend vers un autre destin,

Surprend d'un jour si beau le céleste matin.

Heureux qui, jeune encore, au suprême rivage,

Touche le port divin qui sauve du naufrage,

Sans avoir, de la vie abordant un écueil,

Connu ses longs remords et son profane deuil !

Cet enfant, renfermé sous une étroite pierre,

En naissant commença l'éternelle carrière :

Il détourna du jour un œil pur et serein,

Sans avoir sur la terre aperçu le chagrin.

Dès qu'un flot, qui jaillit de la source éternelle,

Eut lavé de son front la tache originelle,

Sa jeune ame apparut au regard du Seigneur

Comme un lis virginal éclatant de blancheur.

Prédestiné, nourri de la manne des anges,

Il peupla des Esprits les naïves phalanges :

Né mortel, il paraît compatir aux douleurs ;

Et souvent de sa mère il recueille les pleurs.

Tantôt, sous la lueur de l'aube blanchissante,

Il révèle aux tombeaux sa clarté languissante ;

Et tantôt, balancé comme un rayon du jour,

De sa mère pensive il caresse l'amour.

CINQUIÈME MÉDITATION.

LE
BON RICHE.

A L'ASPECT des tombeaux, heureux qui peut comprendre

Qu'une grande fortune est un grand compte à rendre ;

Et que dans l'autre vie, où l'homme est destiné,

Il n'emporte avec lui que ce qu'il a donné !

Que je plains un mortel dont l'opulence avide
Repousse du malheur la demande timide,
Ou dont le fier tribut, jeté comme un adieu,
En chagrinant le pauvre est refusé de Dieu !

———————

Tu n'as point retenu le faible nécessaire
De l'homme qui voilait sa craintive misère ;
Philosophe chrétien, passager du cercueil,
La pompe des vertus glorifia ton deuil.

Ta fréquente pitié ranimait l'espérance :
Devinant le besoin, écoutant la souffrance ;
Tu n'eus pas à répondre, éludant un bienfait,
Du bien que l'on peut faire, et que l'on n'a pas fait.

Aussi tu visitais l'asile solitaire

Où l'indigence échappe au mépris de la terre :

Dans ton pieux domaine, à ton noble foyer,

Toujours le malheureux s'est assis le premier.

Écartant d'une erreur la mémoire importune,

Présumant l'innocence où gémit l'infortune,

Et de la charité prenant un court chemin,

Tu n'as jamais remis l'aumône au lendemain.

Quand le monde accusait tes œuvres d'imprudence,

Fertile dans tes dons, comme la Providence,

Et jamais étranger pour aucunes douleurs,

Ta bonté voyageuse a tari tous les pleurs.

Quelle haute science, éclairant ta sagesse,

T'apprit ce grand emploi d'une fausse richesse,

Ce négoce brillant, trafic mystérieux,

Où notre ame devient créancière des Cieux?

Possède le seul bien que le chrétien espère :

Le Sauveur t'a nommé le béni de son Père,

Heureux bénéficier du royaume divin,

Touche de ta pitié les intérêts sans fin !

SIXIÈME MÉDITATION.

LA

JEUNE FILLE.

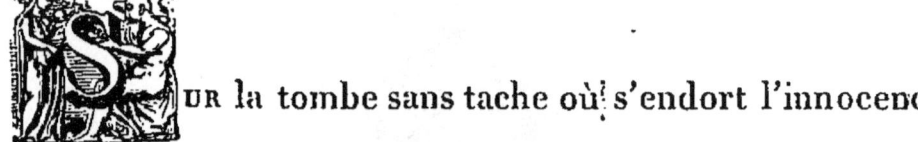

Sur la tombe sans tache où s'endort l'innocence

L'ame sent mieux sa force, et tente sa puissance :

L'esprit, toujours distrait de sa fragilité,

Se possède, et surprend son immortalité.

Tout le passé s'enfuit comme l'erreur d'un songe,

Où du moins la vertu ne fut pas un mensonge;

Et, sur l'axe furtif où tourne l'avenir,

Elle seule apparaît comme un grand souvenir.

On dirait que la vie alors s'est éclipsée,

Et laisse du Seigneur l'éternelle pensée;

Que l'homme, sur la plage où se brise le sort,

Anticipe la paix que réserve la mort.

Aux lieux où l'infini s'ouvre une route intime,

J'aperçois du trépas la dernière victime,

Qui, déposant ici son pudique destin,

Achève en l'autre vie un fortuné matin.

Ce marbre éblouissant, cette fraîche couronne,

La mystique blancheur dont le deuil s'environne,

Le bouquet embaumé, simple et dernier honneur,

Colorent le trépas des teintes du bonheur.

Sous ce dôme pieux une fille repose :

Un souffle pur n'a point profané cette rose ;

Son esprit au Seigneur dans sa fleur est monté,

Parfumé d'innocence et de virginité.

On la vit, aspirant à sa belle patrie,

Nourrissant de la mort la sainte rêverie,

Incliner vers la tombe un front silencieux,

Comme un chaste bouton qui doit s'ouvrir aux cieux.

Quelle sœur, pour parer cette jeune relique,

Mit le bandeau de fleurs sur sa tête angélique ;

Et, déployant le soir un modeste linceuil,

De sa cendre précoce enrichit le cercueil?

O fille bienheureuse, au salut destinée,

Conserve avec le ciel ton brillant hyménée !

Dans le cercle divin où fleurit la pudeur,

Entre au groupe voilé des vierges du Seigneur !

Que rien ne trouble ici ta naïve poussière,

Dont la foi des mortels protége la barrière ;

Et, lorsque l'Homme-Dieu marquera son retour,

Que lui seul la réveille au bruit du dernier jour.

SEPTIÈME MÉDITATION.

LA

PARENTÉ HUMAINE.

C'EST en vain que l'orgueil de nos destins s'empare,

La Mort rapprochera ce que le Tems sépare.

Sa main, qui nous régit pour un monde nouveau,

Passe sur les mortels un sublime niveau.

A ce long rendez-vous de siècles funéraires,

L'homme dort en commun à l'ombre de ses frères ;

Et la Famille humaine assemble son sommeil,

Pour se lever, entière, au jour du grand réveil.

Ainsi Dieu révéla, sous la cendre profonde,

La haute parenté des habitans du monde ;

En confondant la poudre, où vont se réunir

Tous les peuples passés aux peuples à venir.

Fondant la charité sur cette vaste tombe

Où la même misère au même point succombe,

Dieu voulut, au cercueil comme près des autels,

Dans la vie et la mort rattacher les mortels.

L'éternel Potentat, se déposant lui-même,

Dota l'humanité de sa vertu suprême ;

Et, dérobant sa gloire au regard des élus,

Apparut aux mortels comme un frère de plus.

Celui qui de la vie a créé l'abondance

Fit de la charité sa double Providence ;

Secours intarissable , et présent en tout lieu,

Qui reste sur ses pas comme un témoin de Dieu.

O sympathique amour, que la mort nous impose !

Sainte fraternité, sur qui Dieu se repose !

Avertis la pitié des plaintes du malheur,

Et fais trembler le juste au cri de la douleur !

Car son propre destin pour l'homme est secondaire.

Mais du bonheur d'autrui toute ame est solidaire;

Et lorsque devant Dieu tant de pleurs ont coulé,

Malheureux le mortel qui n'a point consolé !

HUITIÈME MÉDITATION.

LE GUERRIER.

Bientôt chaque mortel, par une loi prospère,

Mêle sa cendre pure aux cendres de son père,

Et peut ici du moins, loin des pas de l'orgueil,

Sans crainte et sans remords posséder un cercueil.

Son nom, toujours inscrit sur l'antique carrière,

Du chrétien qui passait arrête la prière;

Et la croix, saint trophée aux champ-clos du trépas,

Témoigne que Dieu seul ne nous délaisse pas.

Mais une femme en deuil, et pensive et distraite,

Semble envier aux morts leur tranquille retraite :

Un fils, son doux soutien, affrontant le danger,

Est tombé dans les camps, sous un ciel étranger.

Ah ! combien ses soupirs implorent une tombe

Pour ce fils bien-aimé qui loin d'elle succombe;

Qui, poursuivant l'éclat d'un fragile laurier,

Abandonna trop tôt son toit hospitalier !

Et quand de sa valeur la palme était fleurie,

Sa dépouille est errante et cherche une patrie.

Sur sa cendre exilée exilant ses douleurs,

Sa mère chez les morts vient égarer ses pleurs.

Elle attache aux tombeaux sa muette souffrance,

Son regard sans espoir invoque l'espérance ;

Sa funèbre pensée, où mûrit le regret,

Conserve son malheur comme un pieux secret.

Dieu seul peut vous tarir, mystérieuses larmes !

Contre le désespoir lui seul donne des armes,

Et dans le cœur voilé des ombres du chagrin

Distille de la foi le baume souverain.

22

O mère infortunée ! envisage la gloire

Que le Seigneur réserve au fils de la victoire ;

Quand le guerrier chrétien, dans un meurtre innocent,

Lave tous ses péchés d'un baptême de sang.

Et si près du guerrier nul mortel ne demeure,

L'ange, ami de son sort, veillant sa dernière heure,

Le couvre de son aile, invisible linceul,

Et d'une larme sainte accomplit un grand deuil.

NEUVIÈME MÉDITATION.

LE VIEILLARD.

ORTANT des noirs soucis dont le jour se compose,

Ici le malheureux du malheur se repose :

Riche du grand trésor de son adversité,

Il bénit dans les cieux le prix qu'il a coûté.

Soldat de Jésus-Christ, qui, vieilli sous les armes,

Triomphes de la plainte, et dédaignes les larmes ;

Qui d'une ame intrépide abordes le chagrin,

Sous l'horizon du tems lève ton front serein ;

Prévoyant du destin la blessure prochaine,

Tu n'as point reculé de ta future peine ;

Et l'orage, qui vint combattre ta vertu,

A mutilé ton cœur, sans l'avoir abattu.

Comme un chêne robuste, ami de la tempête,

Oppose aux longs frimats son invincible tête,

D'inutiles rameaux dépouille sa hauteur,

Et conserve sa sève et sa même vigueur ;

De même, du malheur la plus cruelle étreinte

Ne saurait ébranler ta sagesse sans crainte :

Ton esprit, que l'erreur n'avait jamais déçu,

Sans trouble rend à Dieu ce qu'il en a reçu.

Le soir, je t'aperçois, calme sur cette pierre

Qui d'une chaste épouse enferme la poussière :

Plus éloigné du monde, et tout près du Seigneur,

Tu médites le ciel où vit déjà ton cœur.

Ici ton fils repose à côté de ta fille ;

Sous un triple tombeau disparut ta famille :

Et toi seul apparais où gémit la pitié,

Comme le saint débris d'une sainte amitié.

O généreux chrétien ! dont l'austère courage

Rejette les honneurs, et supporte l'outrage ;

Ton seul regard enflamme une timide foi ;

Ton exemple du monde est la vivante loi.

Mais déjà du Seigneur la gloire t'environne :

Les célestes vieillards ont tressé ta couronne ;

Et bientôt sur ta cendre, invoquant ton soutien,

Comme en pélerinage on verra le chrétien.

Car au champ de la vie, où l'homme naît et passe,

Où des vaines grandeurs on cherche en vain l'espace,

La sagesse du juste, exempte de déclin,

Pousse dans l'avenir comme un germe divin.

DIXIÈME MÉDITATION.

LES JUMEAUX.

QUEL Mortel n'a senti l'indicible torture

Qui rompt le nœud sacré dont s'étreint la nature,

Et d'une même vie écarte, sans retour,

Deux êtres, que Dieu joint d'un éternel amour?

Dans ce noir abandon, ce veuvage de l'ame,

Jusqu'à l'autre moment où la mort le réclame,

De l'homme qui survit le cœur semble arrêté :

L'existence est un vide où le deuil est resté.

Sur les âges divers la nature domine ;

Mais le vieillard l'écoute, et l'enfant la devine.

Le cœur neuf, où la foi n'a point encor d'appui,

Subit le sentiment et s'éteint avec lui.

Déjà ce tendre enfant sous la peine succombe ;

Dix printems sur sa tête ont fleuri pour la tombe.

Des cendres d'un ami gardien silencieux,

Le chagrin s'embellit sur son front gracieux.

LES JUMEAUX.

Ce jeune ami qu'il pleure (hélas ! c'était son frère),

Habite récemment le marbre funéraire ;

Et pour ne vivre plus que dans le souvenir,

Il reste dans ces lieux, où la mort doit venir.

Conçu dans le flanc pur d'une mère féconde,

Le même coup pour eux sonna l'heure du monde ;

Et chacun, l'un de l'autre implorant le soutien,

Fut dans le même jour et vivant et chrétien.

Dans le même berceau, par la même tendresse,

Tous les deux ont reçu la première caresse :

Chacun, cherchant le lait dont s'abreuve un mortel,

Près de l'autre parut sur le sein maternel.

Ensemble de la vie admirant la merveille,

Se créant du bonheur une image pareille,

Et suivant du plaisir le fortuné chemin,

L'un promettait à l'autre un heureux lendemain.

Pressés de l'avenir, tout brillans de jeunesse;

Pauvres enfans, sitôt ils parlaient de vieillesse :

Pour confondre long-tems leurs vœux et leur destin,

Ils s'occupaient du soir, dans l'oubli du matin.

O séduisant espoir, que la mort leur envie!

Un seul fut arraché du jardin de la vie;

L'autre, atteint de langueur, va périr à son tour,

Comme un beau lis mourant loin de l'éclat du jour.

Des malheurs de la terre ignorant l'amertume,

Son regret dévorant promptement le consume;

Et son faible regard, qui semble chercher Dieu,

Aux douceurs de l'enfance a dit un triste adieu.

Bientôt sur deux tombeaux d'une grandeur égale,

Où la mort unira leur cendre matinale,

Les mortels attendris viendront mêler des pleurs;

Car on plaint doublement les précoces douleurs.

ONZIÈME MÉDITATION.

LE

LIVRE DE LA MORT.

Quand les Mortels, épris de fragiles délices,

Cultivent du plaisir les rians précipices,

Sur le bord des tombeaux je marche sans effroi,

Et j'y viens de la crainte émanciper la foi.

C'est un livre pour moi tournant toutes ses pages :

Je vois ici la mort convoquer tous les âges ;

Le vieillard, abattu sous les neiges du tems,

Dort auprès de ses fils moissonnés au printems.

Partout sa main rapide efface la jeunesse,

Désarme la valeur, dépouille la richesse ;

Et la gloire, que brise un invisible écueil,

Croule dans son néant sous le poids du cercueil.

Mais sur son dernier point mesurant l'existence,

Le trépas à mes yeux n'est qu'une circonstance,

La vie une étincelle, éphémère clarté,

Éteinte au grand foyer de l'immortalité.

Ce menaçant abîme, où l'homme va descendre,

Où la poussière avide attend toujours la cendre,

M'avertit que, du tems possesseur incertain,

L'homme ici bas prélude à quelqu'autre destin.

Et quand mon œil, errant sur d'immenses décombres,

Du peuple de la mort grossit encor les ombres,

Mon esprit conquérant, sur le faîte arrêté,

Voit à son horizon briller l'éternité.

Salut, ô jour divin, mystérieuse flamme,

Clarté délicieuse, où s'épanche notre ame!

Dévoile à mes regards ta vivante splendeur!

Lève-toi, jour sans fin, et montre le Seigneur!

J'ai cru voir, pénétrés de ta longue lumière,

Les mânes s'éveiller dans leur forme première ;

Et les Esprits citer tous ces corps glorieux,

Convives du bonheur, au saint banquet des Cieux.

Éclair miraculeux qui fuit sans cesser d'être,

L'homme, comme le tems, en mourant doit renaître :

La mort, c'est le passé ; l'ame, c'est l'avenir ;

Dieu seul est le présent qui ne doit pas finir.

DOUZIÈME MÉDITATION.

LA

SOEUR GRISE.

L'ACTIVE charité, dans un pieux mystère,

Va recueillir le pain des pauvres de la terre :

Son œil suit l'infortune, attentif à son deuil,

Dès l'aube du berceau jusqu'au soir du cercueil.

O toi, de la pitié captive volontaire,

Toi, de la pauvreté modeste tributaire,

Servante du malheur, sainte fille de Dieu,

Ton ame a dit au monde un éternel adieu.

Leurs besoins trop nombreux aux pauvres t'ont ravie ;

Ton zèle trop ardent a consumé ta vie ;

Sous le poids des vertus morte dans ton printems,

Comme un ange effacé tu disparais du tems.

Jadis on te voyait, dans ta marche légère,

Du bonheur des humains bienheureuse étrangère,

Au pénible réduit visiter la douleur,

Et de ton souffle pur éteindre le malheur.

Dieu seul connaît le bien que toi seule exécute,

Ton bienfait qui poursuit celui qu'on persécute,

Tous ces dons arrachés à l'orgueil des humains,

Et tous les maux guéris par tes célestes mains.

Trompant des noirs cachots la vigilance austère,

Sous les humbles replis du voile salutaire,

Ton bras fait pénétrer des alimens plus doux,

Où la justice humaine exerce un long courroux.

Et lorsque tu soutiens l'existence fragile,

Prodiguant au pécheur le pain de l'Évangile,

Ta charité nourrit d'un soin officieux,

Et le corps pour la terre, et l'ame pour les cieux.

Dans le discret hospice où descend l'indigence,

Ton ame avec le cœur toujours d'intelligence,

D'une vive espérance agitant le ressort,

De son bonheur prochain semble bercer la mort.

Tu répètes toujours quelque sainte parole

De ce Dieu pénitent qui soutient et console ;

Ta candeur pénétrante et ta calme ferveur

Invitent le mourant à la paix du Seigneur.

Près de la pauvreté ta cendre ici repose.

On dirait que ton sort de son sort se compose ;

Et que, toujours présente à son adversité,

Tu la suis dans le tems et dans l'éternité.

Le riche avec respect conserve ta mémoire,

Le pauvre par des pleurs a gravé ton histoire,

Et Dieu, qui conduisait ta pieuse douceur,

T'honore dans le ciel de ton beau nom de Sœur.

TREISIÈME MÉDITATION.

L'ATHÉE.

 TERRE pacifique où dort la destinée,

Dont s'écarte la joie aux pleurs abandonnée,

Où la Mort triomphante élève ses autels,

Ton nom glace d'effroi le bonheur des mortels !

Le mondain, qui prépare une élégante fête,

Passe près de tes murs, en détournant la tête.

Insensé! dont la vie enchaîne les désirs,

Il fuit loin de la tombe où meurent les plaisirs.

L'ambitieux s'étonne : un moment il délaisse

De ces projets hautains la pompeuse faiblesse;

Et le riche qu'entoure un magique respect,

Reculant vers son or, frémit à ton aspect.

L'athée, en traversant ta funèbre carrière,

D'un sourire incrédule insulte la prière;

Et frondant ton repos, qu'il ne pénètre pas,

Proclame le néant comme Dieu du trépas.

Mais le trouble secret de son regard farouche

Trahit le noir blasphème échappé de sa bouche ;

Et de ce vide abstrait, qu'il cherche à concevoir,

Son cœur par un soupir dément le sombre espoir.

Souvent il croit heurter le front du vaste abîme,

Et son œil entrevoit l'éternité du crime ;

Des ames dans le deuil tout le peuple apparaît :

Il croit entendre en lui l'écho d'un long regret.

C'est alors que, du ciel révoquant les délices,

Il éprouve la foi par l'horreur des supplices ;

Que son esprit conçoit, dans son affreux travers,

Sous l'absence de Dieu le tourment des enfers.

Ah! malheureux! pourquoi, déserteur de ton être,

Viens-tu dire à la Mort : c'est toi qui m'as fait naître;

A la matière : pense, ordonne mon destin?

Tu dépouilles les cieux d'un empire certain!

Pourquoi de cette vie ardent propriétaire,

Et toujours altéré des honneurs de la terre,

Dans un système obscur perdre la vérité,

Pour éteindre avec Dieu ton immortalité?

Sur l'écueil du savoir quand l'esprit argumente,

Sans un grand point d'appui la raison nous tourmente;

Et son pâle flambeau, qu'alimente l'erreur,

Ne projette qu'une ombre, à l'écart du Seigneur.

Dieu seul peut de lui-même engendrer la mémoire ;

C'est l'ame qui permet de douter ou de croire ;

Et dans ton libre arbitre, esclave audacieux,

Ta volonté choisit de l'enfer ou des cieux.

Noble participant de l'essence suprême,

Rentre dans le Seigneur pour rentrer dans toi-même ;

Contemple du Très-Haut l'ouvrage solennel,

A ses œuvres enfin reconnais l'Éternel.

Quelle force, au néant disputant la victoire,

Dans les cercles sans fin multiplia sa gloire ?

C'est Dieu, qui de soleils voile sa trinité,

Et dont l'orbe éclatant décrit l'immensité.

Quelle savante main, travaillant la nature,

Grava le Créateur dans chaque créature?

C'est Dieu seul, existant dans les êtres divers,

Qui de sa propre vie anime l'univers.

Et quel grand mouvement, sans diviser l'espace,

Entre deux infinis lance le Tems qui passe?

C'est Dieu, seul immuable et jamais arrêté,

Qui voit d'un seul regard toute l'éternité.

LE JUBILÉ.

ODE.

Lorsque si près de nous toute gloire succombe,

Que tout empire au monde est renversé ;

Que l'instant qui s'enfuit incessamment retombe

Au long abîme où s'endort le passé ;

L'homme, faible et léger, que la vie embarrasse,

    Qui de la mort appréhende la loi,

Fort contre le Seigneur, veut repousser la grâce,

    Et composer avec la foi !

Pour étendre le cours d'une vie éphémère,

    Que de savans parmi nous ont paru !

Au temple, où la fortune étale sa chimère,

    Tous les mortels ont déjà comparu.

Ce n'est que pour Dieu seul que notre esprit diffère ;

    Un saint devoir du cœur a disparu :

Quel homme est occupé d'une sublime affaire

    Et pratique ce qu'il a cru ?

Abandonnons l'erreur où notre ame se plonge,

    Et n'abordons que la réalité :

Le jour qui fuit et meurt n'est qu'un brillant mensonge,

    Le tems pour l'homme est son éternité.

Mais l'effort du salut, héroïque entreprise,

    Loin du Seigneur ne s'exécute pas :

Pour ce travail sacré Dieu bâtit son Église,

      Hors de la vie et du trépas.

Maintenant de la croix l'ineffable système,

    Quand elle absout les siècles révolus,

Et qu'au cercle du tems son merveilleux baptême

    Pour les vivans ne s'accomplira plus,

A son auguste appel que tout chrétien réponde ;

    Aux vains honneurs qu'on dise un saint adieu ;

Que l'ame s'initie au grand pardon du monde,

      Et reparaisse devant Dieu !

La grâce universelle, où la foi nous convie,

Verse aux élus des flots plus abondans :

Pour naviguer enfin vers l'immortelle vie,

Embarquons-nous, voyageurs imprudens.

La source du péché tarit notre existence ;

La mort se hâte, et décime au printems ;

Et la tige sacrée où naît la pénitence

Ne croit qu'au rivage du tems.

L'indulgence du ciel, en passant dans notre ame,

Des passions doit briser tous les fers ;

Et la paix du salut doit éteindre la flamme

Que la Discorde alimente aux enfers.

L'homme, instrument de Dieu, n'obtient que s'il accorde ;

Prosélites du ciel, imitez aujourd'hui

Un homme tout-puissant, dont la miséricorde

    Est éternelle comme lui.

Au sol religieux, que la croix environne,

    De la ferveur l'astre silencieux

Conduit près du malheur, qu'un autre tems couronne,

    La charité trésorière des cieux.

L'espérance a signé le pacte évangélique :

    Quand Dieu parut l'homme fut consolé ;

Et l'œuvre du Messie à l'univers explique

    La grande œuvre du Jubilé.

TABLE
DES MATIÈRES

ET

TRADUCTION DES ÉPIGRAPHES.

MÉDITATIONS.

FIN DE LA TABLE.

PARIS, IMPRIMERIE ET FONDERIE DE J. PINARD,
RUE D'ANJOU-DAUPHINE, N° 8.

IMPRIMERIE ET FONDERIE DE J. PINARD,

IMPRIMERIE ET FONDERIE DE J. PINARD,
RUE D'ANJOU-DAUPHINE, N° 8, A PARIS.

www.ingramcontent.com/pod-product-compliance
Lightning Source LLC
Chambersburg PA
CBHW071853020726
47502CB00003B/723